KB099693

딱 두 배의 가치를 돌려받는 인생

딱 두 배의 가치를 돌려받는 인생

발행일 2023년 9월 18일

지은이 강성숙, 권시원, 김미예, 김지안, 김한송, 송진설, 이정숙, 우승자, 함해식
펴낸이 손형국
펴낸곳 (주)북랩
편집인 선일영 편집 윤용민, 배진용, 김부경, 김다빈
디자인 이현수, 김민하, 안유경, 한수희 제작 박기성, 구성우, 변성주, 배상진
마케팅 김회란, 박진관
출판등록 2004. 12. 1(제2012-000051호)
주소 서울특별시 금천구 가산디지털 1로 168, 우림라이온스밸리 B동 B113~114호, C동 B101호
홈페이지 www.book.co.kr
전화번호 (02)2026-5777 팩스 (02)3159-9637

ISBN 979-11-93304-55-6 03810 (종이책) 979-11-93304-56-3 05810 (전자책)

상처와 기쁨, 나는 그렇게 살았다

딱 두 배의 가치를 돌려받는 인생

강성숙, 권시원, 김미예, 김지안, 김한송,
송진설, 이정숙, 우승자, 함해식 지음

상처는 덜 받고 기쁨은 더 누리고 싶은 것이
인간의 욕망이지만, 인생은 그렇게 돌아가질 않는다.
아홉 명의 작가가 상처와 기쁨을 원동력으로
인생을 더 풍요롭게 사는 방법을 공유한다!

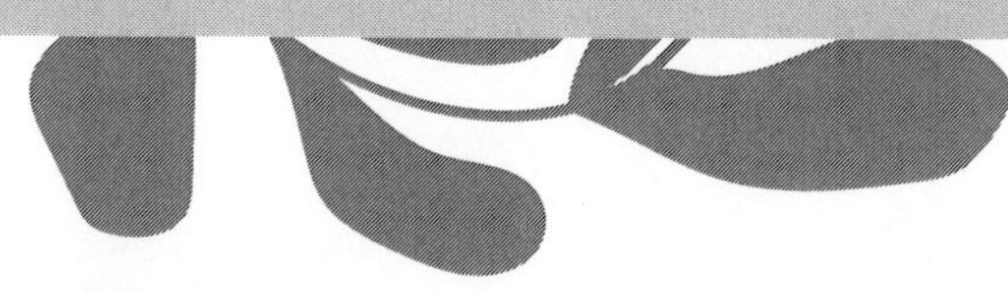

북랩

상처와 기쁨으로 세상을 이해하는 힘

지난주에 연꽃을 보러 여행을 다녀왔습니다. 진흙 속에서 피어나는 연꽃은 대표적인 여름꽃입니다. 사진이나 영상으로만 보아도 감탄사가 나오지만, 직접 만나면 그 아름다움에 흠뻑 빠져듭니다. 모진 추위를 이겨 낸 봄꽃은 희망을 안겨 줍니다. 배롱나무, 무궁화, 수국 등의 여름꽃을 보면 열정을 느낍니다. 한여름에 쏟아붓는 장맛비와 내리쬐는 뙤약볕 속에서도 흐트러짐 없이 피어나는 연꽃을 볼 때마다 신비로움에 겸손한 마음이 듭니다. 사계절 꽃들이 피고 지는 모습을 보면 생각이 많아집니다. 특히 꽃이 지는 모습은 언제 보아도 마음이 아픕니다. 바닥에 떨어져 여기저기 뒹굴고 밟히는 꽃잎들을 보면 속상했거든요.

계절마다 피어나는 꽃들은 자신의 빛깔과 향기를 전합니다. 보는 이들의 눈과 마음을 즐겁게 해 주지요. 하루아침에 갑자기 피어나는 꽃은 없습니다. 영원히 피어 있는 꽃도 없고요. 씨앗이 싹트고 잎이 나옵니다. 뿌리는 땅속 깊이 뻗어 내려 가고, 줄기는 튼튼해집니다. 그리고 때가 되면 꽃이 피지요. 불과 며칠 동안이지만 활짝 피어 있는 꽃을 제대로 보려면 때를 잘 맞추어야 합니다. 올해 저는 연꽃이 피는 시기에 들렀기에 절정의 아름다움을 맛보았습니다. "곱다, 예쁘다."라는 말이 저절로 흘러나왔어요. 연잎밥을 맛있게 먹었던 생각이 나서 연 이파리를 자세히 보았습니다. 줄기 끝에 달린 연잎은 물에 젖지 않으며 잎맥이 방사상으로 퍼져 있습니다. 활짝 피기 전의 이파리를 보니 동그랗게 말려 마치 이티(ET) 얼굴처럼 보입니다. 간간이 상처 입은 갈색 이파리도 보입니다. 넓고 커다란 잎사귀에 가려 지나쳤습니다. 화려한 꽃에 취해 상처 난 잎을 미처 보지 못했던 거지요. 발길을 멈추어 몸을 낮추고 가만히 바라보니 비로소 눈에 들어왔습니다. 상처 났다고 엄살부리지 않고 조용히 자리를 지키고 있습니다.

제가 본 연꽃잎의 상처는 강한 바람이나 서로의 부대낌으로 생긴 것이겠지요. 상처 입은 갈색 이파리들은 줄기를 세우거나 꽃대를 올리지 못한 채 연못 물 가까이 놓여 있었습니다. 사람들의 눈길도 받지 못하고 제 몸의 상처를 가만히 부둥켜안고 있더군요.

돌아오는 내내 갈색 이파리들이 머릿속을 떠나지 않았습니다. 마치 누군가를 향해 내가 던진 상치의 흔적 같다는 생각이 들었습니다.

저는 오랜 시간 교육자로 살았습니다. 퇴직하고 나니 긴 세월이 금방 지나간 듯해서 애틋하게 다가옵니다. 제 삶의 전부였던 날들을 되돌아봅니다. 학생들뿐 아니라 많은 동료 교사를 만났습니다. 한 교무실에서 마주 보며 지내다 보니 웃는 날도 있었지만, 얼굴 찌푸리는 날도 많았지요. 아이들을 위한 프로그램 짜느라 머리 맞대고 좋은 방법을 찾기 위해 회의를 거듭했던 날들이 떠오릅니다. 현장 체험 학습, 체육 대회, 어울림 캠프, 학년 축제 등 행사 진행을 위해 의견을 수렴하고 조율하는 과정은 중요했지요. 생각과 의견이 다양하다 보니 어쩔 수 없이 부딪히게 됩니다. 일 처리 방식도 다르고 중요하다고 여기는 부분도 달라 오해를 빚기도 했습니다. 그저 편한 것만 찾는 사람을 보면 왜 교사가 되었나 하는 생각도 들었지요. 아이들을 위한다고 하면서도 쉬운 일만 골라 하려는 동료를 보면 한심해 보였습니다. 또 '아무리 애써도 애들은 몰라준다, 그냥 하던 대로 하자'는 말을 거침없이 내뱉는 사람을 보면 힘이 빠졌습니다. '어찌 저럴 수가 있나? 저래도 되나? 나 같으면 저러지 않을 텐데…….' 저만 참교육자인 것처럼 목소리 높이며 강하게 의견을 주장했습니다. 시간이 흐른 후 곰곰이 생각해 봅니다. 저도 쉬운 일만 하고 싶었고, 늘 하던 대로 하고 싶은 마음이 있었습니다. 아이들 위한다는 명분으로 제가 배운 걸 적용하고 싶어 고집을 부리기도 했지요. 함부로 판단하고 무시하고 내가 옳다는 아집이었습니다. 저와 함께 일하느라 힘들었을 동료들에게 이제라도 미안하다고 말하고 싶습니다. 과한 욕심으로 뜻하지 않게 상처를 주었으니 말입니다.

아이들에게도 알게 모르게 거친 말로 상처 준 일이 많습니다. 일일이 기억하지 못하는 게 다행일지도 모르겠습니다. 기본 생활 습관 지도를 거듭해도 변화가 보이지 않는 아이들을 보고 '쟤는 이번 생은 글렀어. 구제 불능이야.'라는 생각도 했으니까요. 욕설이 잦거나 수업 태도가 좋지 않은 아이들을 지도하다 한계에 부딪히면 가정 교육을 운운하며 원망도 했습니다. 저의 교육관대로 움직이지 않는 아이들을 무리하게 끌고 가려고 했던 일이 마음에 걸립니다. 속도가 느린 아이들을 기다려 주지 못하고 재촉했던 일, 부끄럽습니다. 저의 교육 방식이 얼마나 벅찼을까요. 제 눈치 보느라 학교 오는 일이 힘들지는 않았을까요. 차라리 외면하고 싶은 날들 많습니다. 상처 주었던 말들을 낱낱이 종이 위에 적어 봅니다. 아이들에게 닿지 못하더라도 마음 다해 미안하다고 말해 봅니다. 아이들이 학창 시절을 떠올리면 그래도 저의 진심을 이해해 주리라 믿으면서 말이지요.

뜨거운 여름날, 아홉 명의 작가들이 모였습니다. '상처와 기쁨'이라는 주제를 받았지요. 그런데 '받은' 상처와 기쁨이 아니라 누군가에게 '준' 상처와 기쁨이었습니다. 관점을 바꾸어 생각하게 되었습니다. 우리는 그날부터 자신을 향한 여행을 시작했습니다. 기억을 더듬고 더듬어야 했지요. 받은 상처는 산더미처럼 쌓여 있어 금방 꺼낼 수 있는데, 내가 준 상처는 까마득했습니다. 받은 상처만 선명하고 준 상처는 희미하다는 사실 앞에서 더 솔직해지기로 했습니다. 다른 사람에게 주었던 상처를 짚어 보는 일, 쉽지 않았습니다. 뒤늦게라도 용서를 청해야 하는 일이 있었습니다. 가장 가까운 가족부터 소중한 사람들에게 던진 상처가 적지 않았음을 알게 되었지요. 삶의 태도를 돌아보게 되었습니다. 우리는 그 기억을 만나면서 잠 못 드는 밤을 보냈지만, 그만큼 성숙해지는 시간이었습니다. 또 나눈 기쁨을 떠올리면서 잘 살아온 자신을 토닥여 주기도 했습니다. '내가 준 상처와 기쁨'이라는 주제는 삶을 더 크게 바라보는 기회가 되었습니다. 살면서 어려운 고비를 이겨 낼 수 있는 힘은 조건 없이 받은 사랑이 있기 때문일 겁니다. 우리는 그 힘으로 기쁨을 나누고 또 살아가는 존재니까요.

'꽃으로도 아이를 때리지 말라'는 말이 있습니다. 2000년대를 풍미한 문장이지요. 스페인 교육자인 '프란시스코 페레'의 교육 철학이 담겨 있습니다. 권위에 의한 억압으로 교육해서는 안 된다는 의미겠지요. 가르치는 일을 오래 하면서 마음에 새긴 문장을 다시 떠올렸습니다. 말 못한 꽃의 상처와 미처 알아차리지 못한 아이들의 아픔을 잊지 않겠다고 다짐해 봅니다.

눈에 보이는 상처는 시간이 지나면 희미해지거나 지워집니다. 마음을 찌른 상처는 세월이 흘러도 그대로거나 더 또렷해집니다. 다른 사람에게 준 상처는 반드시 내게 돌아온다는 말을 철칙으로 삼고 살아간다면, 더 기쁘고 행복한 삶을 살아갈 수 있지 않을까요? 글쓰기를 통해 마음의 찌든 때를 조금은 정리할 수 있어서 다행입니다. 여전히 부족하지만 좀 더 폭넓게 세상을 이해하는 시간이었습니다. 이 글을 통해 독자 여러분도 역지사지의 마음으로 살아가시길 응원합니다.

2023년 여름날

작가 우승자

차례

2장 내가 나눈 기쁨

(누군가에게 기쁨을 주었던 경험, 행복)

3장 상처와 기쁨의 흔적들

(상처를 주었을 때, 기쁨을 주었을 때, 나는 어떤 결과)

4장 무엇을 나누면서 살아야 할까
(더 나은 인생을 위하여)

1장

내가 던진 상처

(누군가에게 상처를 주었던 경험, 후회)

1-1

너무 오래 아팠구나

강성숙

내가 받은 상처는 또렷이 떠오른다. 다른 사람에게 준 상처는 무심코 지나가거나 기억조차 못 하는 경우도 있다. 기억은 완전하지 않다. 오래된 일은 더 그렇다. 묵혀진 상처를 풀어낼 방법은 공감밖에 없다.

고등학교 졸업 33년째 되던 해, 서울 경기 지역에 동창 모임이 있다는 것을 처음 알았다. 카톡방에 초대받았다. 내 이름이 뜨자 친구 A가 글을 올렸다. 같은 반이었지만 친하지는 않았다. 카톡에 내 이름이 올라오는 순간, 심장이 멎을 것 같았다고. 여기서 나를 만나다니. 반갑다는 뜻인지 놀랍다는 뜻인지 알 수 없었다. A는 나보다 한참 전부터 여고 친구들과 만남을 이어 오고 있었다.

고향을 떠나온 지 30년이 더 지났다. 신혼 때부터 떨어져 살다 결혼 6년째 되던 해 경기도로 근무지를 옮겼다. 고향 친구들과 만나기 어려웠다. 남편 아니었으면 올라오지 않았을 텐데. 친구들과 만남이 끊겨

서운한 마음이 들 때마다 남편 탓을 했다. 동창회 행사가 있는 시기면 향수병처럼 오랜 친구들이 생각난다. 지금도 마찬가지다. "수많은 날은 가고 없어도 내 맘의 강물 끝없이 흐르네." 가곡 <내 맘의 강물> 노랫말을 흥얼거리며 그리움을 달래기도 한다. 30-40대에는 아이들 키우며 직장 생활을 하느라 멀리 있는 친구를 만날 여유가 없었다. 경기도 교육청 선생님 찾기, 온라인 <I love school> 창구에서 친구 찾기, 전화번호가 있는 친구에게 연락해 보기 등 여러 방법으로 찾아보기도 했다. 동창들과 만나는 날을 수십 년 기다렸는데 연락이 닿아 기뻤다.

친구 A가 보낸 긴 글을 읽었다. 예상치 못한 내용이었다. 어리둥절했다. 뭐라고 대꾸해야 할지 몰랐다. 통화를 했다. 친구는 여고 시절 이야기를 꺼냈다. A는 우물물 길어 먹던 시골에서 서부 경남 명문 여고에 합격한 기쁨은 잠깐이었다. 시골에서 유학을 온 친구들 대부분은 중학교 전교 석차가 열 손가락 안에 들었다. A 역시 전교 1등도 여러 번 할 정도로 동네에 소문이 났었다. 성적이 우수해 시골에서 진주여고로 유학을 왔는데, 공부에 집중할 수 없었다고 한다. 집안 형편이 어려워 돈을 벌어야 했으니 말이다. 친구들은 공부할 시간에 돈 벌러 다니느라 성적은 점점 떨어졌다. 대학 진학은 언감생심, 목표가 없으니 고3 때는 공부에 손을 놓았다고 했다. 예비고사는 응시도 못 하고 취직했다. '꿈 많은 여고 시절'은 노래 가사에나 있는 말. 성적은 거의 꼴찌, 뒷자리에 앉아 딴짓만 하던 회색빛 여고 시절을 기억에서 지우고 싶다고 했다. 숨이 멎었다는 이유는 지금부터다. 친구 A의 암울한 기억에 내가 있었다. 고3 때, 우리 반에서 등록금 분실 사건이 있었는데, 내가 담임 선생님께 고자질했다는 것이다. 교무실에 불려 다니며 담임과 교감 선생님으로부터 추궁을 받았다고 한다. A는 자신이 하지도 않은 일이었고, 없는 돈을 내놓을 수도 없었던 그때의 수모와 억울함은 평생 잊지 못한다고. 다른 친구에게 들은 말을 나한테 확인하지 못한 채 졸업했다. 공부 못한다고 친구들이 만만하게 봤을까 봐 자존심이 상해 견딜 수가 없었다고 한다. 자신을 도둑으로 만든 내가 30년 넘게 마음에 남아 있었다고 한다. 돌아가고 싶지 않은 여고 시절이지만 나를 만나면 꼭 물어보고 싶었단다. 그런 내 이름이 올라왔으니 그 심정이 어땠을지 짐작하기 힘들었다.

친구 A의 이야기를 듣고 나 역시 머리를 망치로 얻어맞은 듯했다. 내가 친구에게 상처를 준 사람으로 30년이라는 긴 세월 동안 기억되고 있었다니. 시간을 거슬러 기억을 더듬었다. 진학 상담 이외 담임 선생님께 다가가긴 어려웠다. 내 성격에 고자질이라니, 상상이 되지 않았다. 고3 때, 우리 반에서 그런 일이 있었는지, 그런 말을 했는지 내 머릿속에는 기억이 없다. 들을수록 내 이야기가 아니었다. '작가 공부 한다더니 얘가 소설 쓰고 있나? 그런 기억을 지금까지 가슴에 담고 살았다니.' 어처구니가 없으면서도 안타깝고 서글픈 생각마저 들었다. 내가 그랬다고 말할 수 있다면 차라리 친구 A의 속이라도 후련할 것 같았다. 시간이 흐른 뒤, 다른 친구에게 물어봤다. 웬 뜬금없는 소리냐며, 그런 일이라면 생각날 텐데 전혀 모르겠단다. 소설 같은 이야기에 친구도 어리둥절해했다. 우리 반엔 나랑 이름이 같은 친구가 있었다. 잘 웃고 말을 재미있게 했다. 여고 졸업 후 소식이 끊어졌다. 연락처를 알아내 물어볼까 하다 그만두었다. 만약 그 친구가 고자질의 주인공이라면 오해를 벗어 홀가분했을까? 나에게 그런 일이 있었다면 어땠을까? 나는 그런 말을 한 적이 없다고 강하게 말하기엔 더 상처가 될 것 같았다. 어쨌든 나는 A에게 상처를 준 사람으로 기억돼 있었다. 내가 고자질했다고 생각하고 상처를 안고 산 친구, 친구의 상처에 대해 전혀 몰랐던 나. 기억이 다른 두 사람. 돈을 잃어버린 친구가 누구인지, 어떻게 분실이 되었는지, 그 돈을 누가 가져갔는지 우리 둘 다 모른다. 그날, 둘은 진실 게임을 하듯 한참 동안 오래된 이야기를 했다. 그때는 잘 몰랐다던 내 이야기도 나누었다. 우리는 서로 목소리를 높이지 않았다. 수십 년 곪았던 상처는 풍선 바람처럼 빠져 가고 있었다.

돈이 없어 대학 진학을 포기하고 루저처럼 지냈다던 여고 시절. 고자질한 사람이 누구였는지보다 돈에 관련된 이야기라 가슴에 박혔을 것 같다. 나 또한 가정 형편이 어려웠다. 상업고등학교에 진학해 일찍 돈을 벌어 부모님을 도와야 했는데, 여상은 가기 싫었다. 인문계를 다녔지만 가고 싶은 대학에 원서를 낼 수 없었다. 다섯 형제 중 나와 남동생은 이란성 쌍둥이다. 대학교를 둘, 여동생은 고등학교, 총 세 명이 진학 준비를 하고 있었다. 녹슨 철 대문 오막살이 같은 집에서 줄줄이 책가방을 들고 나오면 동네 사람들이 흉을 봤다. 없는 살림에 무슨 공부를 시키냐고 말이다. 대학 이야기는 꺼내지도 못하고 혼자 끙끙댔다. 친구들은 대학에 원서를 내고 있을 때, 나는 좌절하며 난생처음 가출을 했다. 원서 제출 기간이 지나 결국 대학 진학을 못 했다. 부모님과 동생들의 눈치를 보며 버티다가 다음 해에 공무원 시험을 치고 교대에도 원서를 냈다. 교대 1학년 봄, 공무원 발령이 났지만 나는 학교에 계속 다니기로 했다. 2년제라 입학하고 돌아서니 졸업이었다. 가정 형편이 힘들어 나처럼 교대에 간 친구들이 많았던 시절이었다.

야간 자율 학습 시간, 대부분 친구는 점수 1점이라도 올리려고 졸음을 참아 가며 공부했다. 공부 의욕도 없이 밤 10시까지 교실에 있기가 얼마나 고역이었을까. 나는 책상에 엎드려 있었던 친구에게 다가가지 않았다. 말을 건네거나 관심의 눈길도 보내지 않았다. 그땐 왜 그랬을까. 그러지 않았다면 상처를 준 친구로 기억하지 않았을지 모른다.

가난에서 벗어나기 위해 대학 대신 직장 생활을 하며 악착같이 살아왔다는 친구 A. 도둑 누명에 대한 상처는 금방 사라지지 않았겠지만 버티고 사는 힘을 키웠을 것 같다. 결혼 후, 사업가로 성공한 남편과 자기 몫을 다하는 두 아들, 세 남자의 든든한 지원을 받으며 작가로 살아가고 있다. 가끔 A와 만나면 서로 먼저 다가간다.

과거에 마무리하지 못한 일을 마음에 담고 살아가는 사람이 많다. 상처가 남아 있는 사람은 더 그럴 것이다. 인간의 본성은 자기 본위가 우선이다. 상처를 준 사람은 기억하든 못하든 피하고 싶어 한다.

던진 상처는 모래알처럼 흩어져도 받은 상처는 바위로 남는다. 친구와 이야기를 나누며 생각했다. 내가 준 상처가 아니었지만, 미안하고 마음이 좋지 않았다. 친구의 손을 잡았다. 웃는 친구의 모습이 편안해 보였다. 33년의 세월을 건너 둘이서 나눈 대화, 그 공감의 시간이 친구의 마음을 자유롭게 해 줄 거라 기대해 본다.

1-2

상처 없이 이별하기를 바라며

권시원

2010년, 전주의 어느 술집에서 그녀에게 헤어지자 말했다. 내 말을 들은 그녀는 끝내 눈물을 흘렸다. 위로하고 싶지 않았다. 내 자존심이 먼저 상처받았기에 나도 상처를 주고 싶었다. 그녀가 우는 건 당연했다. 1년 남짓 이어 온 그녀와의 연애가 끝났다.

2009년, 인천에 있는 지점으로 발령이 났다. 집이 부천이어서 서울보다 출퇴근 시간이 줄어들어 좋았다. 새 근무지에는 나를 포함해 4명의 입사 동기가 있었다. 나만 미혼이었다. 만나는 사람도 없었다. 당시 30대 중반이면 결혼이 늦은 나이였다. 그러다 보니 주변에서 소개를 많이 해 줬다. 여러 명을 만나 봤고, 그중 한 명이 그녀였다. 전주에 사는 아가씨를 소개해 주겠다는 이야기를 들었을 때 잠시 망설였다. 부천과 전주의 거리가 멀게 느껴졌기 때문이다. 하지만, 운명적인 만남일지도 모른다는 기대에 일단 만나 보기로 했다. 처음 만날 때는 내가 먼저 전주로 갔다. 가 본 적 없는 곳이라 궁금하기도 했고, 잘 보이고 싶기도 했다. 큰 기대를 하지는 않았다. 그런데 첫 만남부터 서로 호감을 느꼈고, 원거리 연애를 시작하게 됐다.

사귀는 동안에는 상의하여 부천과 전주를 오갔다. 내가 전주에 갈 때는 아침 일찍 출발하여 점심부터 저녁까지 함께 시간을 보냈다. 그녀가 올 때는 인천 사는 동생 집에서 잘 수 있었기 때문에, 이틀 동안 만날 수 있었다. 교제를 이어 갈수록 그녀와 더 많은 시간을 보내고 싶어졌다. 그녀에 대한 내 마음도 점점 커지고 있었다. 청혼을 결심하게 됐다.

어떤 방법으로 청혼할지 고민하고 또 고민했다. 기회를 보다 그녀의 생일에 줄 선물을 활용하기로 했다. 평소 갖고 싶다고 했던 휴대용 미디어플레이어를 샀다. 그리고 그녀에게 청혼하는 내용을 영상으로 찍어서 플레이어에 넣어 놓았다. 생일날 선물을 주면서 집에 가서 열어 보라고 했다. 영상을 보고 어떻게 반응할지 몰라 가슴 졸이며 기다렸다. 그런데 며칠이 지났는데도 아무 말이 없었다. 주고받는 문자메시지도 평소와 다르지 않았다. '사용법을 몰라 아직 영상을 못 봤나?', '영상을 봤는데 아무 말 없는 거라면 거절인 건가?' 시간이 지날수록 불안해졌다. 청혼에 대한 답이 없는 상황 때문에 스트레스를 받았다. 결국 참지 못하고 내가 먼저 말을 꺼냈다.

"내가 선물해 준 플레이어에 들어 있는 영상, 혹시 봤어?"

"어, 봤어."

"그래? 아무 말이 없길래 못 본 줄 알았어. 봤는데 아무 말 안 한 거면 거절하는 거야?"

"거절하는 건 아니구, 사랑한다면 서로가 상대방을 볼 때 눈이 반짝거려야 된다고 생각해. 근데 아직은 아닌 것 같아. 내 맘을 잘 모르겠어."

눈이 반짝거린다는 게 도대체 뭘까? 청혼을 거절하는 것도, 승낙하는 것도 아닌 애매한 상황. 일단 알겠다며 통화를 끝냈다. 잠이 오지 않아 한참을 뒤척였다. 그녀가 한 말의 의미가 궁금해 고민이 깊어졌다. 다음 날 출근해서도 일이 손에 잡히지 않았다. 생각하면 할수록 '내 마음을 확실히 보여 주기 위해 노력해야겠다'라는 생각보다 '도대체 눈이 반짝거리는 게 뭐지? 어떻게 해야 하지? 나중에 거절하기 위해 핑계를 대는 건 아닐까?'라는 부정적인 생각이 커졌다. 청혼이 받아들여지지 않을 줄 미처 몰랐었다. 자존심이 상했다.

퇴근 후 저녁에 그녀와 통화했다. 부정적인 생각 때문인지 내 목소리는 날이 서 있었다. 30대 중반의 남녀가 1년 가까이 만나고 서로의 가족도 소개했는데, 당장 결혼하진 않더라도 청혼은 받아 줘야 하는 거 아니냐고 따졌다. 내 생각에 동의할 수 없었는지 그녀는 아무 말이 없었다. 그녀에게 아직도 20대인 줄 아냐며 비꼬았다. 눈이 반짝거리는 게 어떤 거냐며, 그런 걸 실제로 느껴 본 적은 있냐며 쏘아붙였다. 청혼을 거절당해 내가 상처받았다는 사실을 몰라주는 그녀가 야속했다.

그녀에게도 상처를 주고 싶었다. 그녀는 내가 그렇게까지 화낼 줄 몰랐다며, 그동안 보여 주지 않았던 내 모습에 당혹스러워했다. 결국 2주 동안 연락 없이 우리의 관계를 생각해 보기로 하고 통화를 끝냈다.

2주 후 전주로 내려갔다. 연락을 안 하는 동안 많은 생각을 했었다. 버스를 타고 내려가면서, 만나면 어떤 이야기를 할지 계속 고민했다. 전주에 도착해 그녀와 만나 곧바로 저녁 식사를 했다. 식사하는 동안 그녀는 아무 일 없었다는 듯, 청혼에 대한 답변이나 2주 전 나눈 대화에 대해 일절 언급하지 않았다. 속마음을 알 수는 없었지만, 그런 그녀의 태도가 서운했다. 식사를 마치고 간단하게 한잔하자며 자리를 옮겼다. 술집에서도 변함없는 그녀의 태도에 나는 결심을 굳혔다. 그만 헤어지자고 말했다. 그녀는 설마 헤어지자고 할 줄 몰랐다며, 마음을 정하기 위해 시간이 더 필요하니 기다려 달라고 했다. 나는 얼마나 기다려야 할지도 모르고, 시간이 아깝다고 말했다. 나중에라도 청혼을 받아들일지 알 수 없지 않냐고 말하는 그녀에게 한마디로 딱 잘라 말했다. 기다리고 싶지 않다고. 지금 답을 주든가, 아니면 헤어지자고 했다. 내 마음이 돌아섰다고 느꼈는지, 그녀는 눈물을 흘리기 시작했다.

어느 정도 진정된 그녀에게 이만 일어나자고 했다. 그녀는 굳이 배웅하겠다며 따라나섰다. 택시를 타고 가면서 아무런 대화도 하지 않았다. 버스 터미널에 도착해 표를 끊고 오니, 그녀가 다시 한번 생각해 달라고 했다. 그녀의 부탁을 단호하게 거절하며, 눈에서 빛이 나는 사람을 만나길 바란다고 말했다. 버스에 올라탄 후 밖을 보니, 계속 눈물을 흘리며 서 있는 그녀가 보였다. 애써 고개를 돌리고 눈을 감아 버렸다. 잠시 후 버스가 출발했다. 그렇게 우리의 연애는 끝이 났다.

2주의 시간 동안 그녀와의 이별을 준비했던 셈이다. 만남을 이어 가기에는 청혼을 거절당했다는 상처가 컸다. 그만큼 나도 그녀에게 상처를 돌려주었고, 예전의 관계로 회복하는 건 불가능하다고 생각했다. 다시 만난다 해도 내 상처는 내가 해결할 수 있지만, 그녀에게 준 상처는 돌이킬 수 없기에 떠안고 갈 자신이 없었다.

지금 생각해 보면 어리석었다. 30대 중반까지 서로 다른 환경에서 살아왔기 때문에, 결혼을 전제로 만나는 것에 대해 생각이 달랐을 것이다. 그런데 상대방의 생각을 정확하게 파악하지도 않고, 내 감정을 앞세워 성급하게 청혼을 했다. 그녀는 당황스러워 생각할 시간이 필요했을 건데, 나는 실망하고 자존심 상해했다. 그리고는 가시 박힌 말로 상대에게 상처를 돌려준 후 이별을 통보했으니, 얼마나 지혜롭지 못한 행동인가.

그때 계속 만났다면 어떻게 됐을까? 쓸데없는 생각이다. 아마도 결국에는 헤어졌겠지. 그래도 일방적으로 관계를 끝내지 않고 좀 더 시간을 가졌더라면 그녀의 마음을 이해할 수 있지 않았을까 생각한다. 기다리지 못하고 서둘러 행동한 것을 후회할 일도 없고 말이다. 연애하던 상대에게 상처를 준 일은 내 마음에도 보이지 않는 흉터를 남겼다. 좀 더 성숙한 자세로 살아가야 할 필요가 있다. 헤어진 연인의 상처를 보듬어 줄 수는 없지만, 앞으로 만날 인연에게는 똑같은 상처를 주지 말아야 하지 않겠는가.

만남이 있으면 이별도 있는 법. 인생 살아가며 자연스럽게 겪는 일인데, 일부러 상대방에게 상처를 남기지 않았으면 좋겠다. 서로의 행복을 빌며 웃으면서 헤어지지는 못하더라도, 서로의 다른 마음을 이해해 줄 수 있다면 좋겠다. 그렇다면 좋은 추억을 간직하며 이별하는 정도는 가능하지 않을까. 상처를 주고 이별했었기 때문일까? 나는 아직도 솔로다.

1-3

내 앞을 가로막는 아이들

김미예

터울 많고 고집 세고 제멋대로인 여자아이들 키우기 힘드시죠? 요즘은 사춘기도 빨리 옵니다. 옷 입는 것부터 갖고 싶은 것, 각자의 취향까지 무엇 하나 수월한 게 없습니다. 세상도 험합니다. 여자아이들 키우기 만만치 않습니다. 딸들이 집에 돌아올 때까지 마음을 놓을 수 없습니다. 그럼에도 어떻게든 잘 키워 보겠다며 지지고 볶는 생활에는 끝이 없습니다.

딸 셋을 키우고 있습니다. 첫째를 여덟 시간 진통해서 낳았습니다. 나와 아기 모두 위험한 상황이라 제왕절개로 출산했습니다. 셋 다 수술해서 낳았습니다. 세상은 만만치 않더군요. 부모가 된다는 것도 처음이고 모든 게 서툴렀습니다. 사사건건 아이들이 걸림돌이 되었습니다.

큰딸 지연이는 다가구 주택 1층에서 키웠습니다. 맞벌이했습니다. 19개월도 채 되지 않아 어린이집에 맡겼지요. 퇴근하고 돌아와 미안한 마음에 떠받들어 모시듯 키웠습니다. 행여 아이에게 먼지 하나라도 묻을까 걸레를 들고 살았습니다. 누워 있을 땐 몰랐습니다. 기어다니고, 앉고, 말을 하기 시작하면서 딸은 제멋대로 행동했습니다. 일도 해야 하고 육아도 해야 하는 현실에 지쳤습니다. 남편과 함께 잘 키우고 싶은 꿈이 깨졌습니다. 매일 밖에서 친구들과 술 마시고, 엄마에게만 효도하는 남편이 미웠습니다.

8년 동안 외동으로 자란 지연이는 고집도 세고, 예의도 없고, 이기적이었습니다. 누군가 대신 키워 줬으면 좋겠다는 생각마저 들었습니다. 첫애를 낳고 일과 육아로 지칠 때쯤이었습니다. 8년 만에 둘째가 생겼습니다. 아들 욕심이 있었나 봅니다. 이제 좀 해방이라 생각했는데 또 같은 생활을 해야 하다니, 고민했죠. 너무나 좋은데, 내가 키우는 건 자신 없었습니다. 싸움이 또 시작되었습니다. 열 달이 되어 둘째를 낳았는데요, 첫째가 동생을 몰래몰래 해코지하는 게 보였습니다. 혼을 냈지요. 목소리가 점점 올라갔습니다. 손에서 육아를 놓고 싶었습니다. 터울이 크니 모든 걸 새로 해 줘야 하고, 두 아이 모두 어중간해서 손이 많이 갔습니다. 한숨 쉬는 날이 많았습니다.

시누이들도 나도 모두 딸을 낳았습니다. 그러나 아들을 낳지 못한 나는 늘 눈치를 보았습니다. 좋은 마음으로 시댁에 갔는데, 아이들이 극성맞다고 집안 어른들에게 혼이 났습니다. 상처받았습니다. 삶이 생각만큼 쉽지 않았습니다. 둘째가 네 살이 되었습니다. 종알종알 말도 곧잘 했습니다. 큰애, 작은애가 크니 조금은 편안해지더라고요. 본격적으로 일을 시작하려 했습니다. 생각지도 않게 셋째가 생겼습니다. 고민하다 셋째를 주신 이유가 있겠지 생각했습니다. 아들이길 바랐습니다. 표현하지 못했지만 속상했습니다. 계속된 육아로 아이들은 내 앞길을 가로막는 걸림돌이라 생각하게 되었습니다. 울화가 치밀었습니다.

그러던 중 셋째 지효가 심장판막증이라는 진단을 받았습니다. 온 신경을 막내에게만 썼습니다. 걱정거리를 안고 살았지요. 열은 최악이고, 모든 행동에 제약이 따랐습니다. 셋째로 인해 첫째와 둘째는 방치되었습니다. 일은 또 왜 그리 저지르고 다니는지, 눈물 마를 날 없었습니다. 고집부려 셋을 낳은 내가 한심했습니다. 그저 내 인생의 걸림돌로만 여겼습니다. 귀찮고 지쳤습니다.

책을 읽고 글을 쓰고 아이들의 말에 귀를 기울이면서 조금씩 달라졌습니다. 셋째의 꿈은 아이돌입니다. 춤을 제법 잘 춥니다. 유치원 다녀오면 핸드폰으로 아이브의 노래를 틀어 춤을 춥니다. 셋째의 재롱에 폭 빠졌지요. 녹화도 해 주고 블로그에도 올렸습니다. 아이들에게 관심을 갖기 시작했습니다. 어느새 스물둘 성인이 되고, 중학교 1학년이 되고, 초등학교 3학년이 되었습니다. 딸들하고 말이 통할 때가 많습니다. 이제 좀 아이들 키운 보람이 있습니다.

같은 부모에게서 태어난 자식이라도 성격, 행동, 생김새 등이 모두 다르지요. 똑같이 대하기보다 아이의 성향에 따라 달리 대해야 수월하게 키울 수 있다는 것을 알게 되었습니다.

여전히 서툴고 이리저리 휘둘릴 때 많습니다. 그런 제 눈에 어린아이를 키우거나 임신을 하여 곧 출산하게 될 지인을 보면 괜스레 걱정됩니다.

괜찮습니다. 부모이기에 내 아이 잘 키울 수 있고요, 방법이 있습니다. 들어 보실래요?

첫째, 관심입니다. 아이가 원하는 것이 무엇인지 같이 앉아 해 보고 선택할 수 있게 도와주면 좋겠습니다. 자신을 사랑하는지 듣는 척하는 건지 아이는 금방 알아차립니다. 가운데에 낀 지유는 여덟 살 때부터 혼자서 목욕을 했습니다. 방법을 가르쳐 주지도 않았지요. 네 살 터울 동생이 아프다는 이유로 관심 밖으로 밀려났습니다. 엄마에게 사랑받고 싶었을 겁니다. 제 앞을 알짱거리며 일을 저질렀습니다. 둘째 신경 쓸 겨를이 없었습니다. 하지 말아야 할 말을 하고 말았습니다.

"야! 이 멍충아! 그것도 제대로 못 해?"

아차 싶었습니다. 가르쳐 주지 않고 혼만 냈습니다. 둘째는 주눅이 들어 무언가 요구 사항이 있을 때마다 뜸을 들여 말하는 습관이 생겼습니다. 답답했습니다. 더 다그치게 되었지요. 말 한마디가 아이에게 상처가 될 거란 걸 미처 생각지 못했습니다. 끝까지 아이에게 눈높이를 맞추고 들어 줍니다. 같이 하면서 말을 걸면 더 좋고요. 아이와 가까워지는 지름길입니다.

둘째, 가까운 곳이라도 여행을 추천합니다. 아이 손 잡고 산책도 하고, 먹거리 볼거리 가까운 곳 여행을 하면 좋습니다. 거창하게 짐 싸서 멀리 여행 가라는 말이 아니고요. 가까운 카페를 가더라도 아이가 원하는 곳에 기꺼운 마음으로 동행하면 좋다는 뜻이지요. 그때만큼은 친구로 딸의 이야기에 귀 기울여 들어 주고, 때론 먼저 산 선배로서 조언도 해 줄 수 있으면 좋습니다. 아이들의 시선과 생각이 깊어질 겁니다. 이렇게 엄마와 딸이 가장 가까운 사이가 되어 함께한다는 걸 인식시켜 주면 아이는 세상을 살아가는 힘과 용기를 얻을 수 있겠지요. 제가 그랬거든요. 친정엄마는 글을 몰랐지만, 제 마음을 잘 헤아려 주고 다독여 주었습니다. 그 기억은 힘들 때마다 살아갈 수 있는 힘이 되었지요.

셋째, 아이와 한 약속은 무슨 일이 있어도 지키면 좋겠습니다. 지키지 못할 때도 종종 있는데요, 부모 자식 사이에도 '신뢰'라는 것이 있습니다. 약속은 부모와 아이 모두 철저하게 지켜야 합니다. 부모는 자식에게 조건 없는 사랑을 줍니다. 부모와 끈끈한 대화를 주고받고, 서로에게 관심을 가질 때 정서적으로도 좋습니다. 요즘 아이들은 우리가 살던 시대와는 다릅니다. 인식도 바뀌었고요.

자식 키우기 힘드냐고 물었지요. 세 아이 키우면서 일과 살림, 그리고 남편 뒷바라지까지 해야 했습니다. 지금도 아이들을 잘 키우고 있다고 자신할 수 없습니다. 욱할 때가 많습니다. 아이들이 말을 잘 듣지 않을 때마다 속상하고 화가 납니다. 하지만, 그럴 때마다 저 자신을 돌아봅니다. 저는 어땠을까요? 부모님 말씀을 잘 들었을까요? 전혀 아닙니다. 저도 부모님 속 꽤 썩혔습니다.

엄마가 노력하면 아이들도 닮습니다. 힘들 때마다 부모님으로부터 받았던 관심과 사랑을 떠올립니다. 내 아이들도 나를 보며 관심과 사랑을 떠올릴 수 있도록 해야겠지요.

아이들 때문에 힘든 때도 있지만, 그 힘듦은 걸림돌이 아니라 디딤돌

임을 깨달아야 합니다. 아이들은 살아갈 수 있는 힘이고 행운이며 선물이란 사실을 잊지 말았으면 좋겠습니다.

1-4

섣부른 판단과 행동

김지안

"대리님, 저 회사 다녀야 할지 말아야 할지 모르겠어요."

혜준이의 고민 상담이었다. 왜 그만두고 싶은지 물었다. 혜준 주임은 디자인 기획 프로모션(디자인 기획 대행사)에서 근무했던 경력직 디자이너였다. 디자인 상품 개발 업무 경력자였다. 당시 우리 부서의 업무는 디자인 개발 업무가 아니라 테크니컬 디자이너 업무였다. 테크니컬 디자이너는 결정된 디자인을 생산 공장에서 생산할 수 있게 만들어 주는 역할을 한다. 혜준이가 즐겁게 일하고 싶었던 디자인 상품 개발 업무와는 거리가 있었다. 내가 도와줄 수 있는 것이 없다고 생각했다. 업무 내용에 대해 만족하지 못하고 있을 즈음에 혜준이가 이전에 다니던 회사 사장님이 재입사 의향을 타진해 왔던 거다. 당시 그런 상황을 나는 몰랐다.

혜준이는 여성스러운 외모와 달리 강단 있는 성격으로 업무 진행을 잘했다. 생산 업무를 하는 데 군더더기가 없는 의사 결정은 큰 장점이었다. 일 잘하는 동료가 회사를 그만두려고 하니 서운하기도 하고, 앞으로가 걱정됐다. 그만두려고 하는 혜준을 붙잡고 싶었다. 붙잡아 보려고 한참 동안 이야기했다. 혜준의 고민을 들어 보니 곧 그만둘 수 있다는 생각이 들었다. 마음이 급해진 나는 주변에 경력직 디자이너 소개를 부탁했다. 혜준이가 나를 언니처럼 생각하고 퇴사에 대해 상담했다는 것을 몰랐다. 인원이 빠지게 되었을 때 업무 차질을 고려하지 않을 수 없는 나는 책임감이 앞선 리더였다.

선부른 판단은 예상치 못한 결과를 초래할 수 있다. 이는 다른 사람에게도 영향을 미칠 수 있고, 개인뿐만 아니라 조직의 목표 달성을 방해할 수 있다. 급하게 결정하고 나면 계획에 차질이 생긴다. 충분한 검토와 계획 없는 행동으로 인해 대처할 능력이 제한되어 어려움을 겪게 된다. 혜준이가 금방이라도 퇴사할 거라고 판단한 경우가 그랬다. 혜준은 당장 회사를 그만둘 생각은 없었던 거다. 그만둔다는 소문이 사내에 퍼져서 그만둘 결심을 하게 되었다고 했다. 돌이킬 수 없었다. 그녀는 눈물을 보이며 회사를 떠났나. 혜순이가 나를 친한 선배로 생각하고 상의했다는 걸 몰랐다. 나는 선배로서가 아니라 업무 목표 달성을 담당하는 조직의 리더 입장이었다.

나름대로 혜준 주임과는 업무 성향이 맞았다. 야근과 철야를 함께하는 고된 업무 일정이었지만 즐겁게 일했다. 하지만, 혜준이의 진짜 마음을 헤아리지 못했다. 회사에 퇴사 소문이 나게 되어 어쩔 수 없이 퇴사를 결정하게 되었다. 그 마음이 오죽 힘들었을까. 믿고 따랐던 언니

같은 나에게 의논했는데 회사에 그만둔다는 소문이 났으니 말이다. 혜준이가 결정적으로 회사를 퇴사했던 이유를 18년이 지난 후에야 혜준이에게 직접 들을 수 있었다. 혜준이가 회사를 그만두고 난 뒤, 2년쯤 지났을 때 그녀에게서 연락이 왔다. 밝은 목소리였다.

"대리님, 잘 지내요? 일하다 보니까 대리님 생각이 나더라고요. 이제 승진해서 과장님인가? 보고 싶은데 한 번 만나요."

혜준에게 온 전화에 가슴이 설렜다. 여전히 야근과 철야 근무가 많았지만, 혜준이를 만나기 위해서 금요일 저녁에 시간을 만들었다. 삼성동 코엑스 1층 마르쉐에서 금요일 저녁 일곱 시에 만났다. 2년 만에 우리는 재회했다. 활짝 웃으며 걸어 들어오는 혜준을 나는 자리에서 일어나 반갑게 맞이했다. 혜준이가 회사를 그만두고 난 이후 한동안 나는 고생했다. 경력직 디자이너가 쉽사리 구해지지도 않았고, 입사한 직원들은 오래 버티지 못하고 퇴사했기 때문이다. 혜준이 그리웠다. 그녀는 회사를 나간 후에 이전에 다니던 회사에 재입사했다고 했다. 어디서든지 일 잘하는 그녀라는 걸 알고 있기에 일에 대해서 굳이 질문하지 않았다. 그런 혜준이는 내가 상상 못 했던 말을 했다. "대리님이랑 같이 밤새우면서 일했던 그때가 그리웠어요." 힘들었을 텐데 그리웠다니……. 코끝이 찡했다.

"대리님이랑 연주랑 저랑 셋이서 밤에 노래 크게 틀어 놓고 택팩 그리던 생각도 나고요. 저 사실 그때 그만두지 말라고 대리님이 끝까지 붙들어 주길 바랐어요."

이럴 수가! 상대의 생각을 제대로 읽지 못했다. 어리석은 나의 판단에 부끄럽고 미안했다. 혜준이는 이직한 회사에서 다른 직원들을 직접 채용하는 위치로 성장해 있었다. 예전에 나와 일할 때 내가 했던 행동이나 말들이 떠올랐다고 했다. "제가 그 당시에는 대리님이 일을 너무 많이 시켜서 그렇게 일하는 게 이해가 안 됐어요. 근데 막상 제가 그 자리가 되어 보니 이해가 됐어요. 그래서 대리님 생각 많이 했어요. 같이 일할 때 많이 배웠고, 지나고 보니 그리워요."

미안했다. 내가 상처 준 줄도 모르고 그저 일이 힘들어서 그만뒀다고 생각했다. 그만두기 전에라도 내게 말을 해 줬더라면 나도 오해하지 않고 끝까지 혜준을 붙잡았을 텐데, 아쉬웠다. 충분히 생각하고 혜준이가 왜 퇴사를 고민하는지 좀 더 다양한 관점으로 생각했어야 했다. 혜준이가 원하는 일이 상품 개발 디자인 업무였다면 부서 이동을 회사에 건의할 수도 있는 일이었다. 마음이 조급했다. 시간을 두고 회사에 전환 배치를 요청할 수도 있었을 텐데……. 내가 가지고 있는 주관적인 관점과 시선 이상을 보지 못했다. 객관적인 판단을 하기 전에 충분히 고민할 시간을 가져야 했다. 급한 상황이라 할지라도 차분하게 판단하고 더 좋은 선택지가 있는지 찾았어야 하지 않을까. 두고두고 후회된다.

2023년 7월. "부장님, 나 부장님이랑 같이 일했을 때가 제일 재미있었어요." 혜준이는 요즘도 가끔 카톡으로 소식을 전한다. 함께 일할 때는 지지고 볶고 부딪치며 일했는데, 회사를 퇴사한 지 18년이 지났는데도 혜준이는 여전히 농담 섞인 말로 나에게 메시지를 보내온다. 이제는 이사님이라고 불러야 하는데 나에게는 여전히 혜준이다. 젊고 생기 넘치던 그 시절의 건강한 행복을 함께 나누던 친구 같은 후배에게 미안하다. 깊이 생각하고 행동하는 여유가 있었다면 좀 더 긍정적인 방향으로 결과를 만들 수 있었을 텐데 아쉽기만 하다. 2년 남짓 같은 회사에서 근무했을 뿐인데도 그립다고 말해 주는 혜준에게 감사하다.

선부른 판단과 행동은 다른 사람에게 상처를 주는 원인이 될 수 있다. 상황을 제대로 파악하지 못하고 감정에 휩쓸려 무례하게 행동하는 것은 상대방 감정에 상처를 입힐 수 있다. 다른 사람과 대화할 때 신중하게 행동하는 것이 중요하다. 나와 다른 사람들과의 상호 작용에서 이러한 점을 잊지 않는다면 상처 주지 않을 수 있다. 감정을 존중하고 배려하는 자세를 갖추면, 더욱 건전하고 긍정적인 관계를 형성할 수 있다.

나폴레옹의 말 중에 "숙고할 시간을 가져라. 그러나 행동할 때가 오면 생각을 멈추고 뛰어들어라."라는 말이 있다. 깊은 생각과 빠른 행동력! 이 두 가지를 갖추기 위해 노력한다면 결코 좋은 사람을 놓치는 일은 없을 것이다.

1-5

인정 욕구는 실언을 만든다

김한송

"당신이 했던 행동들을 하나하나 돌아보면 그 첫 번째 동기는 언제나 관심에 대한 욕구였음을 알게 될 것이다." 로버트 그린의 저서 『인간 본성의 법칙』에서 읽은 내용이다. 인간은 누구나 관심에 목마른 본성을 가지고 있다는 이야기가 적혀 있었다. 태어날 때부터 인간은 주목받고 싶은 욕구가 끝이 없다고 하지 않던가. 저 문장에 밑줄을 긋고 멈춰 생각해 보았다.

심리학이나 철학책을 읽으면 사람의 타고난 본성과 내면을 알게 된다. 일명 공자님 말씀이 가득하다. 하지만, 사람보다 책이 건네는 조언은 나를 돌아보게 하는 힘이 있다. 그래서 더 공부하게 된다. 친구나 가족이 나의 단점을 지적하면 쉽게 받아들이지 못하지만, 책을 읽다 보면 '나도 저럴 때가 있었지.' 하며 솔직해지기 때문이다. 흔히 팔은 안으로 굽는다는 말을 자주 쓴다. 어쩔 수 없이 자기중심적으로 살아가는 동물이 바로 인간이라는 말로 해석할 수 있겠다. 나는 욕심도 없고 착하기만 한 사람이라고 자부하며 살았다. 하지만, 착각이었다. 내 마음 속에도 인정과 질투의 욕구가 불타오르고 있었다.

'말'에 대한 상처가 많아서였던지 말하는 것에 관심이 많았다. 다양한 교육을 받을 때 마이크를 들고 강의하는 사람들을 유심히 지켜보았다. 어린이집 원장을 하면서 사람들 앞에 서야 할 일이 많아졌기 때문이었다. 관심이 생기면 자연스럽게 그 분야를 제대로 배우고 싶은 욕구가 생긴다. 원장들을 대상으로 하는 스피치 과정 수업을 들었다. 배움에 그치지 않고 교사와 학부모에게 도움이 될 수 있도록 적용했다. 조금씩 자신감이 생겼다. 그즈음 전문가 과정 말하기 수업을 원장님 한 분께 소개받았다. 배움은 끝이 없다고 했던가. 잠시 고민했지만, 강사가 아나운서 출신이라는 말에 관심은 배가 되었다. CEO 과정이라는 말에 더 호감이 갔다. 일주일에 한 번, 두 시간씩 듣는 수업이었다. 말하기의 이론과 실제가 병행된 수업이었다. 아나운서 출신 강사는 역시 달랐다. 무엇보다 발음이 또렷했다. 군더더기 없이 간결하게 핵심을 전했다. 매주 앞에 나가서 주어진 주제에 맞춰 발표도 하고, 수강생들의 모습을 서로 모니터링해 주는 수업 방식이었다. 잘하고 싶은 욕심 때문에 스트레스도 많았지만 성장하는 과정이라 생각하고 열심히 배웠다. 심화 과정도 이어서 신청했다. 성실함과 열정으로 매번 달라지는 내 모습을 보니 뿌듯했다. 강사도 나를 인정해 주는 듯해서 기분 좋았다. 나도 아나운서를 했다면 잘했을 텐데, 왜 진작에 도전하지 못했을까 아쉽기까지 했다. 배울수록 말하기 수업은 더 매력적이었다.

수료식을 한 지 두 달쯤 지나 강사님이 출간 소식을 전했다. 수업 들었던 강의장에서 북 콘서트를 기획하고 있다고 했다. 진행을 맡아 달라는 제안을 받았다. 뛸 듯이 기뻤다. 남자 수강생 한 명과 함께 진행을 맡았다. 내 생애 처음 MC가 되어 멋진 무대에서 사회를 보다니 꿈만 같았다. 마치 내가 무대의 주인공이 된 것처럼 착각 속에 빠져들었다.

북 콘서트가 끝나고 나니 함께 공부했던 사람들의 축하와 칭찬이 끊이지 않았다. 전문가답고 멋진 진행이었다는 말을 들으니 기분 좋았다. 행사가 마무리되고 수강생들과 서로 인사를 나누었다. "오늘 와 주셔서 고맙습니다. 사실 여러분 중 누가 사회를 맡았더라도 다 잘했을 겁니다. 특별히 오늘 수고해주신 두 분 감사합니다." 감사 인사를 전하는 강사의 이야기가 썩 기분 좋게 들리지 않았다. 나름 큰 행사에 부담감을 안고 열심히 준비했는데 누구라도 다 잘했을 거라니? …… 특급 칭찬을 기대했기에 실망도 컸다. 어쩌면 나를 대신할 수 있는 사람이 없다는 칭찬이 듣고 싶었는지도 모르겠다. 한마디로 내가 최고라는 말이 듣고 싶었던 거다. 괜스레 서운함이 밀려왔다. '처음 해 본 사람치고 이만하면 꽤 잘하는 거 아닌가? 굳이 그렇게 칭찬을 아낄 이유가 뭐지?' 집에 돌아와서도 계속 심기가 불편했다.

그 자리를 빛낼 사람은 나밖에 없을 거라는 건방진 생각만 들었다. 강사가 출간한 책은 『한순간에 관계를 망치는 결정적 말실수』라는 제목이었다. '결정적 말실수'라는 단어가 선명하게 눈에 들어왔다. 어제 강사가 나에게 한 말은 실수였다는 생각이 들었다. 이런 책을 쓴 사람이 내게 말실수했다는 생각까지 드니 더 화가 났다. 그때 멈췄어야 했다. 인정의 욕구에 가려 앞뒤 분간 못 하는 교만한 생각임을 알아차려야 했다. 다음날, 문자를 보냈다. "교수님, 괜히 제가 사회를 맡았나 보네요. 누구라도 다 할 수 있는 일인데, 그래도 제가 맡아서 진행이 매끄럽지 않았을까요? 저는 충분히 잘했다고 생각했는데 아닌가 봅니다. 어제 교수님이 하신 말씀은 결정적인 말실수였어요. 한숨도 못 자고 고민하다 문자 드립니다."

품고 있던 서운함과 인정받지 못했다는 억울함을 문자에 다 쏟아놓았다. 이렇게라도 마음을 꺼내 놓지 않으면 숨이 막힐 것만 같았다.

며칠 후, 강사의 전화를 받았다. 어떻게 답을 해야 할지 몰라서 계속 고민하고 망설였다고 했다.

"원장님, 문자를 보고 마음이 아프고 힘들었습니다. 누구보다 제 행사를 빛내 주신 것을 알지만 저에게 배웠던 분들 앞에서 대표로서 그렇게 말한 것뿐이었는데 제 마음을 몰라주셨군요. 충분히 제 마음을 알고 계시리라 생각했습니다. 누군가는 앞에 서는 원장님을 보면서 많이 부러워했겠지요."

전화를 끊고 눈물이 쏟아졌다. 부끄럽고 창피했다. 여러 감정이 교차했다. 칭찬받고 싶어 징징거리는 어린애가 된 듯했다. 못난 내가 미웠다. 스피치 수업으로 인해 열등감이 사라졌다고 생각했다. 하지만 여전히 내 안에는 인정과 관심의 욕구가 계속 자리하고 있었다. 말하기 수업을 받으면서 높아졌다고 생각했던 자존감이 한순간에 무너져 내렸다. 순간 내 감정을 참지 못하고 상대의 기분이나 입장은 전혀 고려하지 못했다는 사실이 나를 더욱 슬프게 했다. 항상 다른 사람을 이해하고 배려하는 사람이라는 자기도취에 빠진 나를 발견했다. 결정적 말실수를 한 사람은 상대가 아닌 나 자신이었다.

벼는 익을수록 고개를 숙인다더니, 역시나 강사는 끝까지 평정심을 잃지 않았다. 감정적으로 맞서지 않고 나를 돌아보게 해 주었다. 나는 다른 사람보다 눈에 띄게 잘하려고만 했다. 어제의 나보다 한걸음 나아진 내 모습만 봤어야 했는데, 오기와 질투가 가득했던 나로 똘똘 뭉쳐 있었다. 전문가와 내가 같은 위치에 있다고 생각하는 것부터 교만이었다. 진심으로 사과의 편지를 보냈다. 그리고 강사의 책을 펴서 읽었다. '실언은 내가 쏜 화살'이라는 목차에 시선이 멈췄다. 잘못된 말 한마디는 생각보다 파급 효과가 크다는 여러 예시를 읽었다. 내게 일침을 가하는 이야기가 마지막에 쓰여 있었다.

> *미국의 사상가 랄프 왈도 에머슨은 "사람은 누구나 자신이 하는 말에 의해서 스스로에 대해 판단받게 된다. 원하든 원치 않든 말 한마디 한마디로 남 앞에 자신의 초상화를 그려 놓는 셈이다"라고 말했다. 인정의 욕구는 열등감에서 비롯된다.*
>
> *- 한순간에 관계를 망치는 《결정적 말실수》 中*

'말'은 순간마다 위력을 발휘한다. 특히 부정적인 말이나 실언은 관계를 엉망으로 만들어 버리는 파괴력을 가진다. 평소 긍정적인 말을 하는 사람일지라도 결정적일 때 던진 잘못된 말 한마디는 빠르게 번져 결국, 상처를 주고받는다. 인정받고 싶다는 욕구 때문에 내가 하는 말은 다 정당하다고 생각했다. 상대방에게 단 한 번도 상처를 준 적 없다고 자부하며 살았다. 타인이 내게 주는 관심의 정도에 따라 내 마음은 수없이 흔들리고 방황했다. 말실수에 대한 경험은 좀 더 객관적으로 나를 보는 계기가 되었다.

내 안의 욕구가 있다는 사실을 인정하고 나니 말의 그릇을 단단하게 만드는 언어 습관이 얼마나 중요한가를 더 절실하게 느낄 수 있었다.

내가 던진 실언은 타인은 물론이고 나를 갉아먹는 독화살이나 다름없다. 매 순간 내뱉는 나의 말을 점검해야 할 분명한 이유가 여기에 있다.

1-6

고함쟁이가 된 순간, 그 상처

송진설

저는 엄마입니다. 두 아이를 키우고 있어요. 중학교 1학년인 아들과 초등학교 4학년인 딸을 두었지요. 아이들과 농담을 주고받기도 하고 진지하게 생각을 나누며 마음속 이야기를 하기도 합니다. 언제 이렇게 컸나 싶을 만큼 두 아이는 훌쩍 자랐습니다. 함께하는 일상이 소중하게 느껴집니다. 엄마 손이 많이 필요한 시기가 지나가고 있는 듯해요. 빠르게 흘러가는 시간 때문에 애틋한 마음이 듭니다.

"신발에 발가락이 닿아서 아파요."

운동화를 새로 산 지 얼마 되지 않은 것 같은데 딸은 신발이 작다고 합니다. 고개를 갸웃하며 신발 앞코를 만져 보았어요. 엄지발가락이 신발을 밀어내듯 불룩 튀어나와 있었습니다.

"어머나, 세상에!"

아팠을 발에게 하는 말이기도 하지만 쑥쑥 크는 아이를 향한 감탄이기도 했습니다. 작년에 엄마와 발 사이즈가 같아졌다며 좋아하던 시은

이의 말이 생각납니다. 아침에 등교하려고 신발을 신던 딸은 옆에 있던 나의 신발을 신어 보았어요. 헐겁던 엄마 신발이 딱 맞으니 신기하기도 하고 신이 나기도 한가 봅니다. 엄마 발과 자신의 발이 똑같다며 크게 웃었습니다. 지금은 엄마보다 발이 더 큽니다. 커진 발 사이즈만큼 키도 마음도 자랐습니다.

유타 바우어 작가의 『고함쟁이 엄마』를 아시나요? 아이에게 소리 지르며 야단친 적 있는 엄마에겐 충격적인 그림책입니다. 엄마의 고함 소리를 들은 아이의 몸이 산산조각 나더니 여기저기 흩어져 버리거든요. 엄마는 아이의 몸을 찾기 위해 샅샅이 찾아 헤맵니다. 산속, 바다, 우주에서 하나씩 찾아서는 정성껏 꿰매지요. 다 꿰매고 나서 엄마는 아이에게 미안하다고 말합니다. 마지막 장면에는 아이의 표정이 나오지 않아요. 상처받았던 아이의 마음은 괜찮을까 떠올려 보지만, 아쉽게도 그렇지 않을 거라 생각됩니다.

당신은 고함쟁이가 된 적 있나요? 첫째 아이가 세 살부터 다섯 살이었을 적입니다. 드러내고 싶지 않았던 제 마음의 바닥이 드러났던 때였어요. 아이가 한없이 귀엽고 사랑스러운 시기였던 그때, 왜 그렇게 힘들게 여겨졌을까요. 아쉬운 마음과 안타까운 마음이 듭니다.

새벽 4시였어요. 밖은 깜깜했지만 준한이는 일찍 일어났어요. 놀고 싶은 마음에 나를 깨웠나 봅니다.

"엄마, 엄마, 일어나."

깊게 잠들지 못했던 터라 눈을 뜨고 아이를 보았어요. 해맑게 웃고 있었습니다. 천진난만한 표정에 전혀 졸려 보이지 않았답니다. 조용히 놀아야 한다고 말해 주자 신이 나서 "야호!" 하고 외치더군요. 그 순간 깜짝 놀랐어요. 소리가 너무나 컸지요. 아들은 방 한쪽에 놓인 블록 상자에 다가가더니 그 옆에 앉았습니다. 그때부터 블록으로 비행기도 만들고 자동차도 만들며 놀았어요. 워낙 그 놀이를 좋아하기에 놀도록 내버려 두었습니다. 한참을 놀았어요. 눈을 비비는 모습을 보니 서서히 졸려 오는 듯했습니다. 아침밥을 먹을 시간이 되었어요. 식탁 의자에 앉혔더니 꾸벅거리기 시작했습니다. 배고픔보다 졸음을 참기 힘든 모습이었지요. 밥도 먹는 둥 마는 둥 했어요. 조금만 더 먹자고 했지만 고개를 저었습니다.

아이가 어릴 때는 밥 한 숟가락이 사랑 한 스푼이라 생각했답니다. 준비한 사랑을 남기지 않고 꼭꼭 씹어 먹길 바랐어요. 숟가락이 쉬지 않고 아이 입속으로 오고 가는 모습만을 기대했습니다. 나의 마음과는 달리 아이는 눈을 계속 비비더니 이내 고개가 한쪽으로 기울었어요. 입안에 다 씹지 않은 밥을 문 채로 스르르 눈이 감기더니 어느새 단잠에 빠져들었답니다. 쥐고 있던 숟가락이 바닥으로 내동댕이쳐지는 소리에 바닥을 내려 보았지요. 숟가락 위에 얹혀 있던 밥알이 여기저기 흩어져 있었어요. 아이를 몇 번이나 깨웠답니다. 입안에 있는 밥이라도 씹어 삼키길 바랐어요. 양치질은 바랄 수도 없지만 물이라도 한잔 마시면 얼마나 좋을까요. 충치 벌레가 나와서는 준한이가 자는 동안 이를 망가뜨리는 상황이 상상되었어요. 인상이 절로 찡그려졌답니다. 마음까지도 답답했어요. 어휴! 어쩔 수 없겠단 생각이 들었습니다. 잠든 아이를 안았어요. 방에 누이고 가만히 옆에 앉았습니다. 깊은 한숨이 나왔어요. 단잠에 빠진 아이 얼굴을 찬찬히 바라보았지요. 쌔근쌔근 잘도 자고 있는 아이의 미소 가득한 표정이 눈에 들어왔어요.

'그래, 괜찮아. 그냥 재우자.'

서너 시간 잔 듯해요. 일어나자마자 다시 장난감 놀이가 시작되어요. 블록으로 만들어 둔 비행기가 날아다니고 자동차도 날아다녔답니다. 그러다 공룡 인형을 가져와 쿵쾅쿵쾅 뛰어다녔어요. 졸리던 모습은 온데간데없었지요. 활기찬 모습으로 놀이에 빠졌습니다.

하루는 그저 버텨 내야 하는 시간으로 여겨졌습니다. 힘들고 버겁다 느꼈지요. 가사와 육아와 일 사이에서 버둥대고 있었어요. 마냥 아이만 볼 수는 없었습니다. 집안일이라는 것이 마침표가 없어요. 마무리되었다 싶어도 금세 다시 시작해야 하지요. 끝이 없는 집안일은 시간을 들여야 합니다. 가사와 육아, 일을 함께 할 때는 시간과 감정을 조절하는 것이 관건이었습니다. 어느 날은 내 마음이 가벼워서 아무리 지쳐 있더라도 아이의 잠투정이 달콤한 말로 들립니다. 지쳐 나가떨어질 정도로 몸으로 놀아 주고 뒤돌아서서 쌓여 있는 집안일에도 한숨 나오지 않았습니다. 하지만 마음이 유리 바닥 위에 올라선 것처럼 위태롭게 느껴지는 날이 있습니다. 곧 낭떠러지 끝으로 곤두박질칠지 모를 불안한 마음이 들 때 있어요. 그럴 때는 송곳처럼 뾰족해집니다. 예민하고 날카로워져요. 평소와 다름없는 아이의 행동이 문제 행동처럼 여겨집니다.

'얘는 왜 이렇게 일찍 일어나서 나를 힘들게 하는 거지?'

'기껏 정성스럽게 만들어 주었더니 겨우 요만큼 먹는 거야?'

미운 생각들을 아이에게 전하고 싶진 않았어요. 좋은 엄마가 되고 싶었거든요. 불쾌한 생각들은 사라지지 않았습니다. 내뱉지 않았던 말들은 속에서 썩어 들어 갔어요. 내 안에서 지독하고 고약한 냄새가 스멀스멀 올라오더니 가스까지 내뿜으며 입 밖으로 튀어나왔어요. 그 순간 괴물이 되었습니다. 시뻘건 화염을 내뿜으며 삽시간에 한숨과 원망의 말들이 쏟아져 나왔습니다. 온 집안 공기까지 태워 버렸어요. 아이를 향해 소리를 지르고 있는 나는 딱 고함쟁이 엄마였어요. 내 아이 또한 고함쟁이의 아이처럼 어디로 흩어져 버렸는지 표정을 알 수 없었습니다. 그런 아이를 보고 나면 마음이 아파 옵니다. 무서운 괴물이 되었던 순간을 후회해요. 미안한 마음에 더욱 쓰라립니다. 사랑하는 아이에게 뭐 하는 짓인지, 나는 이것밖에 안 되는 사람이었는지. 죄책감에 사로잡힙니다.

어린아이에게 엄마는 세상이라고 합니다. 따뜻하고 평온해야 해요. 아이가 편안하다 생각할 수 있는 분위기를 만들어 주어야 합니다. 그 안에서 사랑받고 있다고 느낍니다. 온전한 자신으로 살아갈 수 있는 힘도 키울 수 있어요. 순간 올라오는 부정적인 감정에 북받쳐 감정 조절을 못 했어요. 갈기갈기 찢어져 보이지 않는 곳까지 날아가 버린 아이의 마음은 엄마인 내가 찾아서 꿰매야 합니다. 그렇게 많은 밤을 보냈습니다. 그래요, 으르렁거리며 괴물이 된 적 많습니다. 그것도 작고 여린 아이에게 말이에요. 불같이 화를 내는 내 앞에서 불안해하며 떨던 눈빛을 잊지 않으렵니다. 괴물이 되어 뿜었던 말들은 아이의 상처뿐 아니라 나의 상처로도 남았습니다. 아이와 함께하는 시간을 후회로 남기지 않기 위해 지난날의 후회를 다시금 생각합니다. 한결같게 상냥한 엄마로 기억되고 싶어요. 그런 엄마가 되기 위해 오늘도 마음을 가다듬습니다. 뜨거운 심장만큼 내 안에서 나오는 언어들도 온기 가득한 말이면 좋겠습니다.

1-7

츤데레, 표현하지 않으면 소용없다

이정숙

선의로도 상처를 줄 수 있다. 좋은 마음이라도 제대로 표현하지 않으면 소용없다. 마음을 드러내는 말과 행동을 제대로 표현해야만, 그 마음도 온전히 전달될 수 있다.

나는 경상도 여자다. 흔히 경상도 남자를 무뚝뚝하다고 한다. 다정다감하지 못하고, 퉁명스럽고, 표현하지 않는 성향 때문에 그렇게 부른다. 물론 지역이 아닌 개인 성향에 따른 차이도 있겠지만, 그런 사람이 많다는 표현일 것이다. 나는 경상도 남자보다 더 무뚝뚝하다. 표면적으로는 아닌 듯하지만, 알고 보면 그렇다. 특히 밖에서보다 집에서 더욱 그렇다. 누구보다 다정해야 할 가족에게 제일 무뚝뚝하다.

그런 나를 두고, 둘째 아이가 '츤데레'라고 말했다. '츤데레'는 쌀쌀맞고 인정 없어 보이나, 실제로는 따뜻하고 다정한 사람을 지칭하는 말이라고 한다. 무심하게 안 해 줄 것처럼 하면서도, 챙겨 주는 나를 아이는 그렇게 불렀다.

최근에 엄마가 폐렴 증상으로 3주 상당 입원했다. 많이 호전되어 퇴원했는데, 집에 와서 다시 상태가 나빠졌다. 혼자 거동하기 힘들어했다. 병원에서 오랜 기간 누워 있어서 그런가 보다 생각했다. 거기다 어느새 시작된 설사가 끊이지 않았다. 거동이 힘든 상태에서 설사까지 잦다 보니, 용변 실수가 많아졌다. 군소리 없이 엄마를 간병하던 언니는 지쳐 갔다. 옷이며 이불이며, 빨래하고 돌아서면 금세 쌓였다. 병원에서 항생제를 오래 투여했기 때문에 일시적으로 설사와 같은 증세가 있을 수 있다고 했다. 시간이 지나도 설사는 그칠 기미가 보이지 않았다. 엄마는 또 병원을 찾았다. 바이러스성 장염으로 판명되었다. 재입원이 필요했다. 다시 2주 상당 입원 후 퇴원했다. 집으로 가니 엄마는 거실에 누워 있었다. 옆으로 가서 몇 번을 부르니, 엄마는 한참 만에 나를 쳐다봤다. 계속 누워 있지 말고 조금씩 움직여야 한다며, 일어나라고 했다. 내 말이 들리지 않는지, "어?"라고 했다. 일어나라며, 다시 큰 소리로 말했다. 못 알아들었다는 표정이었다. 일어나라고 소리쳤다. 안 들리면 보청기를 껴야지 왜 안 꼈냐며 짜증을 냈다. 엄마는 누워서 귀에 든 보청기를 꺼내 흔들었다. 보청기를 꼈는데도, 들리지 않았다. 건전지가 다 되었나 보다. 엄마는 겨우 몸을 일으켜 자리에 앉았다. 건전지를 갖다 달라고 했다. 아버지가 방에 있던 건전지를 가져다주었다. 건전지를 교체했다. 엄마는 보청기를 귀에 넣었다. 건전지가 다 되었으면 바꿔야지 왜 그냥 두었냐고 했다. 엄마는 고개를 끄덕였다. 누워 있으면 몸이 더 안 좋아지니까 마당이라도 걸으면서 움직이라고 했다. 죽 사 왔으니 저녁에 먹으라며, 죽을 내밀었다. 엄마는 알았다고 했다. 잠시 앉았다가, 출근한다며 집을 나왔다.

차에 올라도 마음은 편치 않았다. 엄마는 귀가 잘 들리지 않아 수년 전부터 보청기를 착용하고 있다. 그나마 보청기를 착용하고 있으면 대화가 되지만, 보청기를 빼면 소리를 질러야 대화할 수 있었다. 그런 줄 알면서도 대화하면 답답했다. 통화할 때도 엄마가 알아듣지 못하면 큰 소리로 같은 말을 반복했다. 답답함이 올라왔다. 얼굴을 마주하며 말할 때도 큰 소리로 말하다가 짜증 낼 때가 종종 있었다. 짜증을 내고 나면 마음이 불편했다. 귀가 아픈 건데, 아픈 것을 받아들이지 못했다. 외할머니도 노년에 귀가 잘 들리지 않으셨다. 시골에 가서 외할머니와 대화할 때면, 큰 소리로 말해도 외할머니는 다른 말씀을 하실 때가 많았다. 병원에서 건강 검진을 하는데, 나도 청력이 좋지 않게 나왔다. 고주파수에서는 난청이 있다며, 소음에 주의하라고 했다. 대화하면서 상대방이 작게 말하면 가끔 무슨 말인지 알아듣기 어려울 때가 있었다. 나도 그런 상황을 겪었으면서, 정작 엄마의 청력에 대해서는 이해하려고 하지 않았다.

거기다 엄마는 뇌출혈로 쓰러진 적이 있었다. 2014년 10월 중순의 어느 날 오후 무렵, 사무실에서 근무하고 있었다. 친정집 인근에 거주하는 작은 아버지의 전화를 받았다. 엄마가 현관에서 쌀 포대를 옮기다가 갑자기 쓰러졌다고 했다. 다행히 집에 있던 아버지가 발견해서 바로 119 구급차를 타고 병원으로 갔다고 했다. 나도 급히 병원으로 갔다. 엄마는 응급 수술에 들어간 후였다. 수술실 앞에는 아버지와 남편이 있었다. 병원 복도는 적막했다. 시간이 흘러도 수술실에서는 아무런 소식도 들려오지 않았다. 7~8여 시간에 걸친 장시간 수술을 마치고 의사 선생님이 나왔다. 다행히 수술은 잘되었다고 했다. 조금만 늦었어도 생명이 위험할 수 있었다고 했다. 그 후 엄마는 한동안 중환자실에 있었다. 시일이 흘러 1인실로 옮겼다. 면회가 자유로워졌다. 오랜만에 본 엄마는 내 얼굴을 알아봤고, 대화도 가능했다. 며칠이 지난 뒤였다. 병실을 찾았다. 엄마가 나에게 무언가 말하려고 했다. 알아들을 수 없었다. 웅얼거리기만 했다. 똑바로 말해 보라고, 왜 그러냐며 소리쳤다. 엄마는 계속 웅얼거리기만 했다. 다급히 호출 벨을 눌렀다. 의사 선생님이 달려왔다. 뇌에 물이 차서 그런 거라며, 물을 제거하는 수술을 해야 한다고 했다. 그렇게 엄마는 재수술을 마치고, 한참 동안 입원해 있었다. 퇴원 후 이전보다 거동이 다소 불편해졌다. 불편함은 있지만, 일상 생활을 할 수 있어 그나마 다행이었다. 잘해 드려야겠다고 생각했지만, 이후에도 내 말과 행동은 생각처럼 달라지지 않았다.

지인 중, 우리 아이들이 '서울 이모'라 부르는 동생이 있다. 서울이 아닌 충북 태생이다. 표준어를 쓴다는 이유로 서울 이모라 불렀다. 물론 서울 사람이 들으면 표준어가 아닐 수 있다. 내 기준에는 분명 표준어다. 그 동생은 예쁘게, 따뜻하게 말한다. 어찌 저렇게 사랑스럽게 말할 수 있을까 싶었다. 그에 비하면, 나는 무뚝뚝하기 그지없다. 이왕이면 나도 따뜻하게 표현하는 사람이었으면 좋겠다는 생각이 든다.

그런 나를 보며 남편이 말했다. "장인, 장모님께 잘해 드려라." 최근 들어 다시 아픈 엄마를 보며, 남편은 같은 말을 반복했다. 나는 쉬는 날이면 부모님에게 식사도 대접하고 바람도 쐬러 간다고 말했다. 할 수 있는 최선을 다하고 있다고 했다. 남편은 그게 전부가 아니라고, 따뜻한 말과 행동이 더 중요하다고 했다. 나름 노력했다. 정감 있는 말투와 행동이 어색할 뿐이었다. 내 마음을 몰라주는 남편의 말이 서운했다. 엄마가 퇴원한 후 타지에 있는 셋째 언니와 형부가 내려왔다. 남편과 나도 친정에 들렀다. 식사 후 과일도 먹고, 이런저런 이야기를 나누었다. 엄마는 피곤하다며 방으로 들어갔다. 소파에 앉아 있던 형부도 하품을 하고 있었다. 당일 다시 운전해서 먼 길을 올라가야 했다. 형부에게도 들어가서 눈을 좀 붙이라고 했다. 형부는 작은 방으로 들어갔다. 덩달아 옆에 있던 남편도 쉬어야겠다고 했다. 식사하며 반주를 했던 터라 졸렸나 보다. 남편은 엄마가 있던 방으로 들어갔다. 잠시 후 들어가 보니, 남편은 엄마 옆에 누워서 이런저런 이야기를 나누고 있었다. 딸인 나보다 친딸같이 더 살가웠다. 거리감 없이 장모를 친근하게 대하는 남편이 고마웠다.

츤데레로 살아왔다. 표현하지 않아도 알아주리라 생각했다. 무뚝뚝한 말과 행동으로 가족들에게 상처를 많이 주었다. 엄마에게 더욱 그랬다. 가까운 사람일수록 따뜻하게, 다정하게 대해야 했다. 지난 상처 말끔히 지울 순 없다. 노력하며 살아야겠다. 인디라 간디가 말했다. "주먹을 꽉 쥔 손과는 악수할 수 없다." 마음이 있어도 손을 펴지 않으면,

악수는 불가능하다. 손을 펴고, 손을 내밀어야 상대도 그 손을 잡을 수 있다. 살아가며 좋은 마음은 표현해야 함을 새삼 깨닫고 있다.

1-8

엄마는 마귀할멈이야

우승자

"엄마는 마귀할멈이야! 엄마 미워!"

둘째 아들이 여섯 살 때 한 말이다. 지금 생각하니 등골이 오싹하다. 감정 동요가 거의 없고 매사에 무던한 큰아들 비오와 달리, 둘째 아들 레오는 어릴 때부터 남다른 감수성이 있었다. 마귀할멈이라는 단어가 튀어나올 때마다 '얘가 왜 이런 말을 하지?'라며 멈칫하곤 했다. 그게 전부였다. 어린 아들이 예사롭지 않은 표현을 했는데도 불구하고 대수롭지 않게 넘겼다.

나는 자식에 대한 욕심이 많고 매사 엄했다. 순둥이였던 큰아들은 엄마가 짜 놓은 스케줄에 군소리 한번 없이 충실하게 따라왔다. 우리 집 거실 화이트보드에는 아들이 소화해야 할 요일별 일정이 가득 적혀 있었다. 태권도, 수영, 피아노를 중심으로 몇 시에 어디로 가야 하는지 한 눈에 볼 수 있게 해 두었다. 눈높이와 구몬 학습지, 서예학원, 미술학원, 영어 원어민 선생님 회화, 에이플러스 과학나라 실험하기 등 쉴 틈이 없었다. 큰아들이 원해서 하는 건 수영과 과학나라 실험뿐이었다. 하지만 나는 운동, 악기 배우기, 공부 등 모두 필요하다고 생각하며 다그치고 잘 해낼 것을 요구했다. 그런 엄마 뜻을 잘 따라 준 큰아들 모습을 당연하게 생각했고, 둘째도 마땅히 그래야 한다고 여겼다. 형에게 향했던 엄마의 화살이 서서히 자신에게도 오는 걸 느낀 걸까? '마귀할멈'이라는 단어에 담긴 둘째 아들의 속마음을 여전히 모르고 있었다.

큰아들 비오가 초등학교 3학년이 되던 해, 첫 영성체를 위한 교리 교육이 시작되었다. 천주교에서는 유아 세례를 한 아이들을 대상으로 3개월가량 교육을 한다. 성체성사, 고해성사, 양심 성찰 등 기본 교리를 배운 다음 처음으로 성체를 받아 모시게 된다. 그리고 첫 영성체를 한 아이 중에서 복사를 뽑는다. 복사는 흰옷을 입고 신부님을 도와 미사가 원활히 진행될 수 있도록 봉사하는 사람이다. 그런데 큰아들 비오가 지원했다. 나는 미처 생각하지 못했는데, 아이는 도전장을 내민 것이다. 기특하고 대견했다. 한 달간 매일 새벽 미사에 빠짐없이 나가야 한다. 미사 봉헌 후 출석 도장을 받는 일이 첫 번째 과제였다. 큰아들 덕분에 그때 시작한 나의 새벽 미사 봉헌은 일상이 되었다. 그 후 특별 훈련까지 받으면 합격이었다. 큰아들은 쉽지 않은 모든 과정을 거치고 복사로 제대 위에 섰다. 둘째 레오도 3학년이 되면 당연히 큰아들과 같은 과정을 거쳐야 한다고 엄마인 나는 이미 정해 놓고 있었다.

레오가 3학년이 되면서 역시 첫 영성체 교육을 받았다. 엄마 극성 때문에 '어린이 복사'에 신청해야만 했다. 그리고 매일 새벽 미사 참례의 강행군이 시작되었다. 새벽 다섯 시가 되면 큰아들은 대부분 스스로 일어나거나 오히려 엄마를 깨웠다. 하지만 둘째 아들은 아니었다. 기상 알람이 울리면 살벌한 전쟁이 시작되었다. 더 자려는 아이, 억지로 깨우는 엄마. 실랑이를 벌이다 눈을 감은 채 결국 엄마한테 질질 끌려 나갔다. 그렇게 새벽 미사 과제를 겨우 채웠다. 우여곡절 끝에 복사 훈련 과정을 마쳤다. 드디어 둘째 아들이 첫 복사를 서는 날, 아이는 울상이었고 나는 웃고 있었다. 둘째 아들의 힘든 마음은 안중에도 없었다. 겉으로 보이는 모습, 제대 위에서 신부님을 도와 봉사하는 모습만 보였다. 속으로는 역시 시키길 잘했다는 생각만으로 뿌듯했다. 두 달 후, 둘째 아들은 폭발했다. 하기 싫다는 말을 여러 차례 했지만 못 들은 척했다. 안 하면 안 되냐는 소리가 엄마에게 통하지 않는다는 걸 아는 둘째 아들은 끝내 "복사 안 할 거야! 안 할 거라고! 엄마는 마귀할멈이야!" 울면서 소리쳤다. 레오 입에서 기어코 다시 '마귀할멈'이라는 단어가 튀어나왔다. 이번에는 자신을 향한 엄마의 부당한 힘에 대한 저항이었다. 상처 입은 아들의 마음을 여전히 몰랐다. 힘든 과정을 거치며 이겨 냈으니 조금만 참아 보자고 사정하고 달랬다. 열 살짜리 아들은 단호했다. 다시는 엄마에게 짓눌릴 수 없다는 듯 강력한 의지를 드러냈다. "그럼 수녀님께 직접 말씀드려. 엄마는 말 못 해!", "알았어, 알았다고! 내가 이가다 수녀님한테 복사 안 한다고 말할 거야! 말한다고!"

그렇게 둘째 아들 레오의 복사 사건은 끝이 났다. 이 일로 인해 마귀할멈의 극성은 서서히 줄어들기 시작했다. 레오의 외침은 오래오래 가슴을 파고들었다. 자식에 대한 욕심을 내려놓아야 한다는 걸 머리로는 알 듯했지만, 가슴까지의 거리는 멀고도 멀었다. 그 후로도 불쑥불쑥 엄마의 욕심과 극성이 꿈틀거렸다. 시시때때로 하는 일마다 간섭하고 싶었지만 멈추고 또 멈추는 연습을 이어 갔다. 아들의 의견을 무시한 채 일방적으로 학원을 정하거나, 과외를 보내는 일도 줄어들었다. 작은 일에도 아들의 생각을 물어보았다. 학원 선택은 물론이고 주말 일정, 외식 장소, 음식 고르기 등 사소한 일부터 엄마의 일방통행은 잦아들었다. 마귀할멈이라는 딱지를 떼는 데는 부족했지만, 노력하는 엄마가 되기 위해 기도하며 자식을 위한 일이 무엇인지 더 생각하게 되었다.

자식이 잘되기를 바라는 부모의 마음은 한결같다. 어떻게 하면 자녀가 행복하고 건강하게 살아갈지 고민한다. 요즘은 육아와 관련된 다양한 강좌도 있고, 책을 통해서도 배울 수 있다. 자녀마다 맞는 방법이 있을 터다. 나의 경우 큰아들에게 통했던 방법들을 둘째 아들에게 그대로 적용했다가 낭패를 보았다. 둘째 아들과 부딪히고 나서야 알아차렸다. 두 아이는 전혀 다른 인격체인데 나는 한 가지 방법만을 고집했다. 두 아들은 성품이 다르고, 좋아하고 잘하는 일도 완전히 다르다. 느긋하고 느리게 또박또박 걷는 큰아들 비오는 자신의 속도를 조절하며 살아간다. 작은아들 레오는 섬광처럼 빠르다. 비오는 아무리 급해도 서두르지 않는 모습이 어릴 때나 지금이나 여전하다. 레오는 예리하고 분위기를 재빠르게 알아차리고 주위 사람들의 필요를 채워 준다.

큰아들은 엄마가 요구하는 부분이 못마땅하더라도 말없이 실행한다. 어릴 때 그 많은 학원에 다니며 벅찬 일정을 소화해 낸 뚝심은 큰아들의 특성이었다. 둘째 아들은 엄마가 아무리 강하게 요구해도 내키지 않는 일은 절대로 하지 않는다. 형이 그랬으니 동생도 그래야 한다는 나의 아집에서 벗어나는 데는 시간이 제법 걸렸다. 여리고 예민한 둘째 아들의 상처를 헤아리는 일은 쉽지 않았다. 하지만 엄마의 욕심을 내려놓고 한걸음 물러서서 생각하는 시간을 갖기 시작했다. 레오의 상처를 보듬으려 노력했다. 형이 했으니 너도 해야 한다는 식의 강요를 내려놓았다. 엄마를 향해 마귀할멈이라 부르는 횟수는 점점 줄어들었다. 다행이었다. 나는 둘째 아들을 통해 조금씩 변화해 갔다.

학교에서 아이들을 가르치거나 어떤 일을 맡으면 잘 해내고 싶은 마음이 앞선다. 아이들을 다그치거나 같이 일하는 동료 교사들에게 잔소리를 퍼붓는 경우가 종종 있다. 그럴 때마다 마귀할멈을 떠올린다. 엄마가 무심코 던진 말에도 아이는 상처를 입는다. 아이에게 꼭 필요한 말일지라도 아이의 눈높이를 헤아리는 지혜가 있어야겠다.

조급한 마음 생길 때마다 잠시 멈춤이 필요하다. 잘하려는 마음도 좋지만, 그 마음 때문에 누군가의 가슴에 상처를 주게 된다면 결과가 아무리 좋은들 무슨 소용이 있겠는가. 감정이 솟구칠 때마다 마귀할멈을 떠올리게 해 준 둘째 아들이 새삼 고맙다.

1-9

순간적 감정으로 인한 말실수

함해식

얼마 전 아내가 주차 때문에 트럭 기사와 말다툼을 한 적이 있습니다. 큰 트럭이 아파트 입구에 주차되어 있어서 아내는 차를 빼 달라고 전화했습니다. 트럭 기사는 식당에서 밥을 먹고 있으니 기다려 달라고 했습니다. 그 말에 아내도 따지기 시작했습니다. 화가 난 운전기사는 밖으로 나와 인상을 쓰며 주변을 둘러보았습니다. 그리고 한마디 합니다. "어디 여자가 말을 함부로 하냐."고. 바닥에 침을 뱉으며, 큰 소리로 말했습니다. 운전자는 아내가 여자라는 이유로 그랬는지는 몰라도, 거칠게 막말을 했습니다. 아내도 따지고 화를 냈지요. 그랬더니 아파트와 차 번호를 기억해 두었으니 조심하라고 협박했다는 겁니다. 그 말을 듣고 놀라서 일단 아내를 진정시켰습니다. 화가 난 트럭 기사 이야기를 듣고 말 한마디의 중요성을 다시 느꼈습니다. 화가 날 때 감정을 제어하지 못하고 함부로 말을 하는 사람들이 있습니다. 저 역시 그런 적이 있습니다. 욱하는 마음에 다른 사람에게 상처를 준 적이 경험이 떠오릅니다.

직업 군인 생활을 5년 하고 취업을 하기 위해 대학교 기계과에 입학했습니다. 26살에 입학하니 나이가 제일 많았습니다. 1학년 말부터 취업하기 위해 서류 지원을 했는데, 대기업 1차 서류 전형에서 모두 탈락했습니다. 그때부터 마음이 조급했습니다. 취업 소식을 기다리고 있을 어머니가 떠올랐습니다. 죄송한 마음만 들었습니다. 창피하기도 하고 답답한 마음에 졸업식을 가지 않았습니다. 그런데 몇 년 후에야 알았습니다. 아들의 졸업식을 꼭 오고 싶어 하셨다는 것을요. 막내아들이라 누구보다 더 잘되기를 바라셨던 어머니였습니다. 항상 저를 아끼고 응원해 주신 어머니였는데, 그 마음을 미처 헤아리지 못했습니다. 얼마 전 어머니와 이야기 나누며 알게 되었습니다. 아들의 졸업식을 보지 못한 것이, 어머니에게는 큰 상처가 되었다는 사실을.

김치 공장에서 일한 적이 있습니다. 정비 보수 팀에 팀장이 있었습니다. 저보다 세 살이 많았습니다. 집은 경기도인데, 영천에 내려와서 지냈습니다. 장가도 가지 않는 노총각입니다. 입사한 지 3개월 지났습니다. 기계 고장으로 인해 저녁 늦게 퇴근하면서 술자리를 같이한 적이 있습니다. 그때 나의 어떤 말과 행동으로, 팀장은 다음 날부터 계속 잔소리했습니다. 볼 때마다 이것밖에 못 하나, 잘하는 게 뭐가 있나, 한숨을 계속 쉬었습니다. 불러도 못 들은 척했습니다. 그런 모습에 매일 회사에 가기 싫었습니다. 아침에 일어나기도 싫었습니다. 퇴근하면 팀장 욕을 했습니다.

아내에게 막말한 적도 많습니다. 퇴근해 저녁을 먹으면 소주 한잔합니다. 처음에는 기분 좋게 먹는데, 한 병 이상 넘어가면 이성을 잃고 말을 합니다. 아내는 무심코 던진 말에 상처받고 울기도 했습니다. 자고 일어나면 아무 생각도 나지 않는 경우도 많았습니다. 미안하다는 말을 자주 했습니다. 하지만 다음날이면 또 술 먹고, 부부 싸움은 반복되었습니다. 돌아가신 어머니의 제삿날입니다. 친척과 형제들이 모인 자리에서 같이 저녁 식사를 했습니다. 아내는 냉장고에서 물을 가져오다 물병을 실수로 바닥에 떨어뜨렸습니다. 그 모습에 나는 아내에게 "정신 좀 차리라." 하고 막말했습니다. 아내는 기분이 상해서 울면서 바로 집으로 갔습니다.

자신에게도 상처를 많이 줬습니다. 막말을 하고 내 몸을 소중히 다루지 못하고 사랑할 줄도 몰랐습니다. 매일 칭찬과 고마움보다, 스스로를 미워했습니다. 다른 사람과 비교하고 부족한 것에만 집중했습니다. 내 마음을 따뜻하게 할 줄도 몰랐습니다. 20대 중반, 정비 공장 다닐 때 일입니다. 같은 부서 형과 입사한 지 며칠 차이가 나지 않았습니다. 몇 개월이 지나자 나보다 일을 잘하는 것이었습니다. 처음에는 그 형을 칭찬하는 몇몇 주변 사람들 말을 그냥 듣고 넘겼습니다. 시간이 지날수록, 그 형은 주변 동료나 타 부서 사람들로부터 계속 칭찬받기 시작합니다. 그러면서 나와 비교합니다. 그때부터 의기소침해지고 내 자신을 원망하기 시작합니다. 집에 와서도 계속 '내 머리는 왜 이리 똑똑하지 못하지?', '왜 남들보다 못하지?'라며, 스스로를 미워하기 시작했습니다. 얼굴에도 화가 가득했습니다. 뭐를 해도 안 된다고 생각했습니다. 회사에 출근해서 일하기도 싫었습니다. 점점 자신감이 사라졌습니다. 처음에는 기술을 배워 창업하고 싶어서 입사했습니다. 이 사건으로 인해 더 이상 사람도 싫고, 저 자신도 싫었습니다. 얼마 뒤 퇴사했습니다.

섬유공장에서 아르바이트를 한 적이 있습니다. 오후에 같이 일하는 상사의 잔소리가 너무 심했습니다. 3개월 하다가 욱하는 마음에, 주변에 놓여 있는 박스를 발로 찼습니다. 그리고 막말을 함부로 했습니다. 그때 상사의 나이는 40대 중반을 지나고 있었습니다. 내 말에 상처받아 한동안 서로 대화를 안 한 적도 있습니다.

그런 경험 덕분에 이제는 말을 조심하게 됩니다. 많은 말을 하고 싶어도 함부로 하기보다 적게 합니다. 처음 보는 사람에게도 인상 쓰고 거리 두기보다 미소 띤 얼굴로 인사합니다. 그럼 그 모습에 보는 사람도 즐겁습니다. 처음 이런 습관을 들이기까지 시간이 오래 걸렸습니다. 매일 새벽마다 거울을 보고 웃고 또 웃었습니다. 낮에 혼자 있는 시간에도 웃고 동영상 보고 따라도 해 봅니다. 3개월 지나니 드디어 습관이 되었습니다. 웃음은 제게 특별한 의미가 있습니다. 내가 행복하면 모든 게 용서가 됩니다. 예를 들자면, 기분이 좋으면 누군가 내 발을 밟고 지나가도 넘어갑니다. 하지만 기분 나쁘면 참지 못하고 욱하는 경우가 많았습니다.

순간적인 감정으로 인해 말실수한 적이 많습니다. 특히 고객과의 관계로 인해 의견 충돌이 있었습니다. 힘들고 지치는데 고객이 무리한 요구를 할 때 욱하는 감정으로 참지 못했습니다. 빨리 포기하고 쉽게 상처받았습니다. 일주일 동안 혼자서 그 말에 끙끙거렸습니다. 하지만 지금은 고객의 말 한마디에 좋은 의미를 둡니다. 지금 신이 더 큰 반전을 주려고 나를 단련시켜 주고 있다고 생각합니다. 이 정도 대응하지 못하다면 나는 평생 2등, 3등에 머물고 말 것입니다. 그런 마음을 가지면 견디게 됩니다.

매일 성장하기 위해 새벽 기상을 3년째 하고 있습니다. 일어나서 먼저 거실 바닥에 누워 스트레칭을 잠깐 합니다. 냉장고 물을 꺼내어 마십니다. 욕실에 가서 양치질, 세수합니다. 거울 보고 크게 웃습니다. 10초 이상 혼자서 웃습니다. 그 뒤 거실에 와서 심호흡 크게 3회 합니다. 감사함을 찾아봅니다. 어제나 근래에 감사한 부분을 찾고 그 감정에 빠져봅니다. 잠시 뒤 소파에 앉아 원하는 목표를 생각합니다. 가까이 가기 위해 행동도 노트에 적습니다. 매일 반복합니다. 그럼 오늘 하루 동안 좋은 생각과 감정을 가지게 됩니다. 이렇게 하고 안 하고는 큰 차이가 납니다.

2장

내가 나눈 기쁨

(누군가에게 기쁨을 주었던 경험, 행복)

2-1

기쁨의 날들

강성숙

'더불어 지내며 꿈을 키우고, 배움을 나누는 아이들' 학급 안내판에 썼던 문구다. 짧은 문구에 담임인 나의 교육 철학이 담겨 있다. 꿈과 나눔은 우리 반 교실 앞, 뒤 환경 게시판, 아이들의 파일 등 여기저기에 붙어 있었다. 커서 무엇이 되고 싶은지, 하고 싶은 것이 무엇인지, 아이들에게 '꿈 너머 꿈'을 이야기했다. 교실에 들어서면 오늘은 또 누구의 꿈 이야기를 들어 볼까 아이들을 살폈다,

교직 생활 34년 중 휴직 기간 1년 이외는 담임만 했다. 음악 교과 전담하고 싶을 때도 있었지만, 아이들의 성장을 가까이에서 바라볼 수 있는 담임이 더 좋았다. 업무로 하던 활동도 우리 반 아이들과 나누었다. 교직 경력 중 청소년단체 활동 25년, 음악 활동 17년. 오로지 아이들과 몸으로 부대끼며 활동을 했다.

리코더 합주단 연습이 있는 날이면 수원까지 한 시간을 달려갔다. 정시에 퇴근한 적이 별로 없으나 연습이 있는 날엔 퇴근 시간에 맞추

어 학교를 나왔다. 나갈 준비를 하는데 교무 부장이 한마디 했다. "강 선생님, 승진 준비하려면 합주단 그만하는 게 좋지 않을까요?" 여러 번 조언을 듣고 고민했다. 연구보고서를 만지작거리다 덮으며 생각했다. '과연 이 연구 내용을 아이들과 나눌 수 있는가?' 아무리 생각해도 결론은 '아니다'였다. 승진 준비를 하다 접은 이유다. 그 후 합주단 연습이 있는 월요일은 퇴근과 함께 운전대를 잡고 수원에 있는 연습실로 향했다. 음악과 자연 속의 아이들, 함께여서 더 행복했던 기억은 나와 아이들에게 성장의 시간이었다.

수원에 있는 청소년 사업 단체에서 실시한 설문 결과를 본 적이 있다. 청소년 절반이 꿈이 없다고 한다. 꿈이 있어도 하고 싶은 것이 뭔지, 어떻게 해야 할지 모른다. 업무분장 협의 시, 아이들의 꿈을 찾아주기 위해 아이들이 자율적으로 참여하는 활동을 제안하였다. 전임학교에서 아이들의 만족도가 높았던 활동이다. '자율 동아리'라는 새로운 업무가 생겼다. 꿈을 즐기자는 뜻으로 '꿈다樂'라는 이름을 붙였다. 아무도 나서지 않아 결국 나의 업무가 되었다. 교사들도 아이들도 낯설어했지만 즐겁게 추진했다.

교사 위주가 아니라 준비부터 학기 말 발표까지 아이들 스스로 하도록 장을 만들어 주었다. 교사들에게 전달하는 방식 대신 학생들에게 직접 안내했다. 3~6학년 학생들을 학년 단위로 모아 시청각실에서 PPT를 보여 주며 설명했다. 아이들은 만들고 싶은 부서, 명칭, 홍보물 만들어 소개하기, 모집하기, 활동 계획, 준비물 등 부원끼리 모여서 정했다. 모임을 이끌어 갈 리더를 방장이라 불렀다. 방장을 중심으로 쉬는 시간이나 점심시간에도 모여 활동 방향과 방법을 의논한다. 다른 부서로 옮기고 싶으면 부서원들의 동의를 얻어야 한다. 그런 조건도 아이들의 의견을 존중했다. 교사는 장소와 준비물을 제공하고 멘토 역할을 했다. 시장에서 물건을 팔 듯 부서 홍보에 열을 올리던 아이들 모습이 눈에 선하다. 귀퉁이가 찢어진 홍보물 보수를 위해 뒤꿈치를 들고 풀로 붙이며 속상해하던 아이의 생생한 목소리가 들린다. 교사들이 만들었다면 그냥 지나쳤을 것이다. 무언가를 하고 있으면 아이들은 활기차다. 처음엔 서툴렀으나 아이들은 스스로 참여하는 학교 문화를 만들어 갔다.

리코더와 함께하는 일 년살이. 한 해 동안 연주할 곡을 반 아이들에게 미리 나눠 준다. 각자 도전 급수를 정해 연습한다. 쉬는 시간에도 리코더를 분다. 우리 교실에서 떨어진 곳에서도 아이들의 리코더 소리가 들린다. 한 곡 한 곡 익혀 가며 소리의 아름다움을 알아 간다. 연주하고 싶은 곡이 있으면 악보 달라며 조르기도 한다. 배우는 즐거움을 깨우쳐 갔다. 방학을 앞두고 학급 작은 음악회를 열었다. 남자아이가 리코더 연주를 하겠다며 친한 친구랑 나왔다. 같이 나온 친구는 잘 불지 못하는 아이였다. 친구와 보조를 맞춘다며 갑자기 코로 리코더를 불었다. 연주도 제법이었다. 따라 하지도 못하고 개다리 춤을 추는 아이도 있었다. 지켜보던 반 아이들은 손바닥으로 책상을 치거나 괴성을 지르며 한 번 더 하라고 한다. 리코더를 코에 갖다 대 본다. 의자에 앉아 있지 않았다. 교실은 개그 콘서트장이 되었다. 교실 문을 열고 뛰어

나가 옆 반 친구에게 전하는 아이도 있었다. 창문 위로 우리 반 풍경을 엿보는 다른 반 아이들의 머리가 보였다. 조용히 하라는 말이 통하지 않는다. 음악 속에 행복을 나누는 교실 풍경이다. 기억을 떠올릴 때마다 흐뭇하다.

아이들은 음악 시간을 좋아했다. 오르간 반주에 맞춰 부르는 신나는 노랫소리는 옆 반 교실까지 들릴 정도였다. 즐거운 장면을 떠올리며 불러 보자고 했다. 창밖을 바라보며 노래를 부르던 중, 연우가 갑자기 훌쩍거렸다. 이유를 물어도 말하지 않아 그칠 때까지 기다려 주었다. 집에 가기 전, 조용히 불러 음악 시간에 왜 울었는지 이야기해 줄 수 있냐고 물었다. 두 손을 모은 채 손가락을 꼼지락거리며 머뭇거리다 작은 소리로 말했다. "구름을 보면 엄마가 생각이 나요." 절에서 스님이 키우던 아이다. 스님이 심부름시키면 혼자 절 뒷산에서 노래를 부르기도 했단다. '하늘을 보며 구름 속에 엄마가 있다고 생각했을까? 마음껏 부르지 못했던 엄마가 얼마나 보고 싶었을까?' 연우가 안쓰럽고 짠했다. 집에 가면 같이 놀 친구도 없었을 텐데. "마음이 갑갑할 땐 언덕에 올라 푸른 하늘 바라보자. 구름을 보자. 저 산 너머 하늘 아래 그 누가 사나. 나도 어서 저 산을 넘고 싶구나." 교실에 남아 같이 불렀던 노랫말이다. "엄마가 생각나서 슬프지만, 노래 부르는 게 좋아요~ 기쁠 때도 부르니까요!" 연우에게 노래는 둘도 없는 친구였다.

10년 전 근무했던 학교 교문을 나서면 산으로 이어지는 길이 있었다.

100미터 남짓에 위치한 나지막한 산은 아이들에게 놀이터이자 학습 장소였다. 특별한 프로그램 없이 산책만 할 때도 있었다. 초록이 짙어 가던 5월, 그날도 산에 올라 여러 가지 활동을 했다. 마음에 드는 나무 안아 보기, 나무 흉내 내기, 하늘 바라보기, 눈 감고 주변 소리 들어 보기 등 놀이는 끝이 없다. 풀밭에 누워 하늘 바라보기를 했다. "구름이 움직여요. 새소리가 들려요. 새소리가 여러 가지예요. 지나가는 사람 발자국 소리가 들려요. 하늘 높이 비행기가 가요. 벌이 쏠까 무서워요." 쉴 새 없이 조잘댄다. 그런데 한 아이가 잠이 들었다. 통통한 몸매에 웃음이 많던 여자아이였다. 입도 벌린 채 세상 편한 표정이다. 땅바닥에서 잔다고 놀리는 아이도 있었다. 그래도 수업 시간인데 자면 어떡해. 옆에 있던 친구가 흔들어 깨웠다. 친구들의 말에 배시시 웃으며 손을 입에 대고 옆으로 슥 문지른다. 아무렇지 않게 일어났다. 활동을 마치고 내려오며 나에게 오더니 작은 소리로 속삭였다. "선생님, 자려고 한 게 아닌데 저절로 잠이 왔어요. 더 자고 싶었어요. 담에 또 와요." 옆에 있던 아이가 들었는지 많이 자면 돼지 된다며 놀린다. "괜찮아, 지금도 돼지인데 뭐~" 다음엔 안 자겠다며 나무를 껴안는다.

교실로 들어와 시화 쓰기를 했다. 종이를 나눠 주며 생각나는 대로 표현하라고 했다. '자연은 선생님'이란 제목을 가진 남자아이의 글은 지금 생각해도 기특하다. '오늘 산에서 새로운 선생님을 만났다. 선생님 이름은 자연이다. 우리 선생님은 말을 하지만, 자연은 우리에게 말없이 가르친다.' 우리 반에서만 나누기 아까워 그해 교육 과정 돌아보기 발표 시간에 소개했다. 교장 선생님은 4학년 아이의 표현에 놀라셨다.

"상을 없앴지만, 이 아이에게는 상을 주고 싶네요." 그해 우리 반 아이들과 다시 만나면 자연에서 지냈던 이야기가 쏟아져 나올 것 같다.

아이들 속에서 지내며 내가 좋아하는 것을 함께하고 싶었다. 큰 상을 받거나 일시적인 성취감보다 아이들과 노래하고 연주하며 자연 속에서 지낸 소박한 일상이 기쁨이었다는 걸 깨닫는다. 아이들 삶에도 행복한 기억으로 남기를 바란다. 작은 악기 하나 달랑 들고 아이들과 나누었던 음악. 요즘은 숲에서 만나는 사람들과 나누고 있다. 좋은 기억은 좋은 삶을 만든다. 숲해설가로 숲속에서 노래도 하고 연주하며 사는 삶, 기쁨의 날들이다. 무엇이든, 더불어 기쁘게 할 수 있는 일 하나쯤 있으면 한다.

2-2

부모님과 함께 떠나는 여행

권시원

2019년 12월, 5박 6일 일정으로 부모님을 모시고 베트남 호이안과 다낭으로 여행을 갔었다. 한국은 추운 날씨였지만 베트남에 도착하니 여름 날씨였다. 해외에 나왔다는 실감이 들었다. 미리 예약한 택시를 타고 호이안으로 출발했다. 호이안에 들어서니 동서양의 문화가 섞여 있는 듯한 풍경이 흥미로웠다. 유네스코 세계문화유산으로 지정된 도시인 만큼, 옛 모습의 거리와 건물들이 마음을 편안하게 해 주었다. 호이안 올드타운에 위치한 호텔은 오래된 건물이지만, 관리 상태가 좋았고 객실도 깔끔했다. 낮에는 호텔에서 마사지도 받고, 올드타운 구경도 하면서 시간을 보냈다. 저녁에는 전통 공연도 관람하고, 낮과는 다른 밤의 풍경을 즐기며 야시장 구경도 했다. 호이안에서는 예스러운 풍경처럼 서두르지 않고 한가롭게 보냈다.

호이안에서의 일정을 마치고 다낭으로 이동했다. 다낭은 베트남에서 네 번째로 큰 도시다 보니 호이안과는 사뭇 달랐다. 도로에 차가 많아

교통 체증도 심했고, 자동차보다 훨씬 많은 오토바이 때문에 정신없었다. 그래도 가 볼 만한 곳은 호이안보다 더 많았다. '바나힐'은 산 위에 만든 테마파크 같은 곳인데, 사람 손 모양의 '골든브릿지'는 아직도 기억에 생생하다. 불교 신자이신 어머니를 위해 방문한 '린응사'도 엄청난 크기의 관음상이 인상 깊었다. 바다에 들어가지는 않았지만, '미케' 해변가 식당에서 바다를 바라보며 맛있는 해산물도 먹었다. 다만 부모님의 거동이 불편할 것 같아 '오행산'을 가지 못한 것은 아쉬웠다.

우리가 묵었던 호텔도 아쉬웠다. 급하게 고르기도 했지만, 성인 세 명이 이용 가능한 방은 선택지가 많지 않았다. 방은 호이안의 호텔보다 훨씬 넓었지만 현관문이 고장 나 수리를 받아야 했고, 호텔 조식은 종류도 많지 않고 맛도 없었다. 좋은 점도 있긴 했다. 큰 길가에 위치해 택시를 부르면 잘 찾아왔고, 호텔로 다시 돌아올 때도 헤매지 않았다. 그리고 맞은편에 '우리은행'이 있어 환전도 편했다. 물가는 다낭이 호이안보다 비쌌다. 물론 한국보다야 쌌지만, 먼저 갔던 호이안과 비교됐다. 그래도 마사지숍 시설이 깨끗했고, 식당은 냉방이 잘 되고 메뉴도 다양해 불만은 없었다.

베트남에서의 5박 6일 일정을 마치고 집에 오니, 부모님은 아들 덕분에 해외 구경도 하고 호강했다며 기뻐하셨다. 두 분만 해외여행을 가는 것은 불가능한데, 내가 있어서 갈 수 있었다고 말씀하셨다. 내 욕심으로 가족 여행을 해외로 가자고 했고, 부모님은 여행하는 동안 힘드셨을 텐데도, 그리 말씀해 주시니 감사했다.

부모님을 모시고 여행을 꽤 다녔다. 국내는 경주, 울진, 평창, 정선, 제주도 등이 생각난다. 해외는 일본 후쿠오카를 다녀왔다. 2020년 코로나가 시작되면서 제대로 된 가족 여행을 가기 어려웠다. 대신 김포 사시는 부모님을 모시고 서울에 있는 호텔에 묵으면서 휴가를 보냈다. 작년에는 아예 김포에 있는 호텔을 예약해 밥 먹으러 나가는 시간 빼고는 호텔 방에서 쉬었다. 부모님은 아들 덕분에 호강한다고 하시지만, 미혼인 나로서는 부모님 아니면 함께 여행할 가족이 없다. 매년 가족 여행을 어떻게 할지 고민하는 것은 나를 위한 일이기도 하다.

나 홀로 여행을 갈 때도 있긴 하다. 하지만 매번 혼자 갈 수도 없는 노릇이다. 친구와 함께 가면 좋은데, 기혼인 친구들은 당연히 어렵고, 미혼인 친구들은 나처럼 여행을 즐기지 않아 꼬시기가 쉽지 않다. 그리고 친구와 가면 서로 즐기는 것이지 덕분에 호강했다는 말을 들을 일도 없다. 혼자 가든 친구와 가든 여행을 가면, 다음에는 가족과 같이 와야겠다는 생각을 하게 된다. 나에게는 가족과의 여행이 훨씬 의미 있다.

2017년, 부모님과 후쿠오카로 여행 갔을 때 생각이 난다. 공항에 내리자마자 렌트 카를 찾아 유후인으로 갔다. 온천으로 유명한 곳이다 보니 관광객들로 붐볐고, 우리가 묵는 료칸에도 사람이 많았다. 료칸에서는 당일 저녁과 다음 날 아침 식사를 제공했다. 조그만 접시에 아기자기하게 음식이 담겨 온 것을 보니 일본에 온 실감이 났다. 음식이 내 입맛에 잘 맞았고, 부모님도 맛있게 잘 드셨다. 저녁 식사 전후와 다음 날 아침

온천물에 몸을 담갔더니 피로도 풀렸다. 어머니는 혼자서 여탕에 들어가는 게 부담스럽다고 하셨다. 그래서 숙소 방 옆에 있는 조그마한 가족탕은 어머니가 사용하셨다. 유후인에서 후쿠오카 시내로 이동해서는 하카타역 앞에 있는 호텔에 묵었다. 라멘과 초밥 등 다양한 먹거리도 즐기고, 저녁에는 일본식 선술집에서 술 한잔하며 가족끼리 대화도 나누었다.

3박 4일 짧은 일정이다 보니 내가 하고 싶은 건 많았고, 시간이 지날수록 부모님은 지치시는 듯했다. 일본은 택시비가 비싸 주로 대중교통을 이용했는데, 부모님에게는 힘든 일이었다. 그래서 식사를 하러 나갈 때가 아니면, 같이 가실 건지 여쭤봤고, 서점이나 옷 가게 등에 쇼핑갈 때는 혼자 다녔다. 연로하신 부모님에게는 일본 여행이 만만치 않으셨을 것이다. 그런데도 여행 내내 아들 덕분에 좋은 구경 한다며 기뻐하셨다. 힘드셨을 텐데도 티를 안 내고, 오히려 아들이 계획한 해외여행을 즐기며 기뻐해 주셨다. 부모님이 기뻐하시는 모습을 보고 싶어 매년 가족 여행을 계획하는지도 모르겠다.

올해는 부모님을 모시고 전주로 가족 여행을 가기로 했다. 코로나 시기 이후 오랜만에 제대로 가는 가족 여행인 만큼 해외여행도 고민했었다. 부모님과 상의해서 국내 여행을 가는 것으로 결정했다. 어머니가 TV에 전주가 나오는 걸 보시고 전주 한옥마을도 가 보고 싶고, 근처 진안군 마이산 돌탑도 보고 싶다고 하셨다. 그래서 한옥 펜션을 예약해 3박 4일 일정으로 여행을 계획했다.

만 49세. 100세 시대에 절반 정도 살았다. 건강만 잘 관리한다면 앞으로 여행 다닐 기회는 얼마든지 있을 것이다. 하지만 부모님은 다르다. 건강도 하루하루 다르실 테고, 함께할 시간이 얼마나 될지 알 수 없다. 함께 여행하며 가능한 많은 추억을 쌓고 싶다. 거동이 불편하신 만큼 더 많은 여행을 편하게 경험하실 수 있게 해 드리고 싶다. 혼자만의 여행도 좋지만, 부모님과 함께 추억을 쌓아 갈 수 있는 가족 여행이 나에겐 큰 기쁨이다.

여행을 다녀와 짐을 풀 때면 가장 편한 공간이 바로 집이라는 사실을 깨닫게 된다. 어쩌면 여행은 집이라는 공간을 더 아름답게 바라보는 경험인지도 모르겠다. 어린 시절에는 부모님이 나를 데리고 여행을 다니며 좋은 곳을 경험하게 해 주셨지만, 지금은 내가 부모님을 모시고 다니며 가족의 사랑을 제대로 느끼고 있다. 낯선 곳을 향해 훌쩍 떠나 보는 시간은 가족 모두에게 활력을 주고 관계를 돈독히 해 준다.

2-3

지금도, 괜찮다! 이 맛에 너랑 살아

김미예

우리 부부는 서로에게 관심 없는 쇼윈도 부부였습니다. 표현할 줄 몰랐고, 무뚝뚝했습니다. 나는 일이 우선이었고, 남편은 친구와 부모님이 먼저였습니다. 애교가 있는 것도 아니었기에 더 관심 없었는지 모르겠습니다. 남편은 친구의 오빠였습니다. 내 발등 내가 찍은 거지요. 남들처럼 재미나게, 여유롭게 살고 싶었습니다. 현실은 그렇지 않았습니다. 우리 부부는 무늬만 부부였습니다.

2000년 12월, 한 남자의 아내가 되었습니다. 사랑! 글쎄요. 친구 오빠로 한 번 만나 밥을 먹었습니다. 결혼해야 하는 줄 알았습니다. 처음이었습니다. 이성을 만나 사귄다는 것이요. 낯설었지만 약간의 떨림은 있었습니다. 두 살 차이. 딱 좋다고 친구는 말했습니다. 세상 남자 별거 있을까 싶어 세 번째 만남에서 결혼하자는 친구 오빠의 말에 "네!" 대답하고 말았습니다. 1년 6개월 정도 연애하다가 결혼했습니다. 영화

같은 꿈을 꾸었지요. 남편은 맞벌이를 원했습니다. 아이 없을 때 돈 벌어 잘살아 보자 약속하고 열심히 일했습니다. 둘 다 사람을 상대하는 영업 활동을 했습니다. 집에 오면 입을 다물고 있을 때가 많았지요. 취미 생활, 좋아하는 취향, 좋아하는 음식 등 전혀 맞지 않았습니다. 남편을 보면 말문이 딱 막혔습니다. 다른 사람과 비교했습니다. 마음이 편치 않았습니다. 행복한 결혼 생활은 착각이었습니다.

밖에서는 인정받고 꽤 잘나가는 커리어 우먼이었습니다. 남편 또한 인간관계에 문제는 없었습니다. 오히려 그 반대였습니다.

"어머! 미예 씨는 좋겠어요. 상욱 씨가 엄청 잘해 주죠? 상욱 씨만한 사람 없어요. 유머 있죠, 웃어른 섬길 줄 알죠, 남자답죠, 효자죠, 친구들 챙길 줄 알죠. 미예 씬 땡잡은 거예요."

아오, 이걸 어찌 말해야 할까요? '그렇게 좋으면 댁이 한번 살아 보든가'라는 말이 목구멍까지 차오르는 걸 겨우 참아 삼켜 버렸습니다. 20년 동안 끙끙 앓고 살았습니다. 남편과 알콩달콩 살고 싶었습니다. 생각처럼 잘되지 않았습니다. 소통이 되지 않으니 필요한 말만 하고 살자였습니다. 그러나 아이 키우면서 그게 어디 쉽던가요. 하루도 편할 날 없었습니다.

외국으로 여행 다녀와서 올린 친구의 사진 보면 질투가 났습니다. 가까운 곳에라도 다녀오고 싶다는 생각이 들었습니다. 또, 승진해서 생활비를 제법 많이 준다는 말을 들으면 왠지 소외감이 느껴졌습니다. 비교하기 시작하니 더 초라해지는 느낌이었습니다. 자연스럽게 남편과의 대화도 줄고 늦게 들어오는 게 오히려 편했습니다. 마주 앉아 밥을 먹기도 싫었습니다. 머릿속은 고민으로 가득했습니다. 어떻게 해야 할까. 아이들은 커 가고 눈치 빤할 텐데. 답답했습니다.

어린 시절 일만 하느라 여행 한번 다닌 적 없었습니다. 그게 싫어 결혼하면 식구들과 여행도 하고 외식도 하고 싶은 꿈을 가지고 있었습니다. 연애할 때 남편은 달랐습니다. 결혼 후 내가 꿈꾸던 모든 것은 사라졌습니다. 사는 게 재미도 없고 같이 사는 사람에게서 좋은 점을 찾지 못했고, 다른 사람과 비교만 하게 되었습니다. 아이들도 귀찮았습니다. 어떻게 이 남자와 살아야 하지? 삶이 재미없으니 의욕도 생기질 않았습니다. 친정아버지가 떠올라 진절머리가 났습니다. 불평과 불만 속에서 살았습니다. 벗어나고 싶었습니다.

코로나로 세상이 떠들썩하던 2020년 2월. 남편과 주말부부로 살게 되었습니다. 생활비를 벌기 위해 친구가 하는 마트에서 새 삶을 살기로 했지요. 남편은 평택과 아산에서. 나는 세 딸과 서울에서 각자 생활했습니다. 마냥 좋을 줄만 알았습니다. 살다 보니 남편과 아내의 역할이 각자 있다는 것을 알게 되었습니다. 불편하고 아쉬운 일들이 생겼습니다. 남편의 좋은 점을 조금씩 떠올리기 시작했습니다. 친구 관계 좋고, 효자고, 책임감이 강했습니다. 붙어 있을 땐 몰랐습니다. 없으니 빈자리가 크게 느껴졌습니다.

"자기야! 내가 결혼은 잘한 것 같어. 참 좋은 남편이야, 자긴."

남편은 일주일에 한 번 집에 옵니다. 올 때마다 양손 가득 무언가 들고 왔습니다.

"어머! 오빠! 내 맘을 어찌 그리 알고 이런 걸 준비해 왔대? 오빠 최고!"

리액션 최고로 표현해 봤습니다. 참나! 이 사람이 나를 뭘로 보고. 짧게 반응했지만 나쁘지 않은 표정이었습니다. 남편의 엉덩이도 툭툭 치며 멋지다 말해 줬습니다. 피곤했는데 집에 오니 마음 편안하다 말합니다. 평소 무뚝뚝하여 전화도 하지 않던 남편은 떨어져 살면서 나보다 더 자주 전화합니다.

'좋다. 내 남편 최고다.'라는 말을 하니 남편이 새롭게 보였습니다. 때론 연애할 때처럼 설레기도 했습니다. 남편과 통화할 때, 콧소리도 내보고, 보고 싶다고도 말해 줍니다. 재미있는지 또 해 달라고 합니다. 애들 장난도 아니고, 좀 유치하죠. 그런데 이 유치한 행동이 남편에게 먹히더라고요. 무뚝뚝하고 집안일을 챙길 줄 몰랐습니다. 아이들과 놀아줄 줄은 더 몰랐습니다. 지금은 친구들보다 집에서 아이들과 시간을 보내다 내려갑니다. 칭찬은 고래도 춤추게 한다더니 남편이 요즘 그렇습니다. 각자의 자리에서 열심히 일하다가도 주말이 다가오면 남편, 애들과 뭘 하고 보낼까 생각합니다. 즐겁습니다. 잔소리도 많이 줄었습니다. 남편은 올라오는 길에도 운전하면서 전화해서 아이들 안부를 묻고 나와 많은 얘기를 하고 싶어 합니다. 에이, 자기는? 안 그래도 멋진데 뭘 또. 남편과 나는 20년을 산 세월보다 주말부부를 하며 지낸 3년이 더 애틋했습니다. 말도 많아졌고요. 웬만하면 남편이 하자는 대로 합니다. 시장을 가자고 하면 따라나서고, 아이들과 가까운 곳이라도 다녀오자고 말하면 준비하고 나섭니다. 일주일 동안 사람들과 부딪히며 열심히 일했을 남편. 피곤하고 쉬고 싶겠지요. 그러나 아이들과 나를 위해 시간을 보냅니다.

"아무리 생각해 봐도 울 신랑이 최고야!" 침대에 누워 있는 남편에게 다가가 말합니다. 활짝 웃으며 "자네 돈 필요한가? 속이 다 보이는데? 필요한 돈이 얼마야?"라며 웃으면서 돈을 건넵니다. 집안 분위기가 달라졌지요. 이게 행복이고 사람 사는 건데,

프리랜서로 일하면서 살이 많이 쪘습니다. 책상에 앉아 있는 시간이 많았지요. 일만 하고 운동을 하지 않았더니 몸도 부었습니다. 내가 봐도, 다른 사람이 봐도 뚱뚱하다 할 정도로 볼품없었습니다. 옷을 입어도 두루뭉술한 50대 아줌마가 서 있었습니다. 스트레스받는 걸 눈치챘는지 남편이 지나가는 말로 건넵니다. 지금도 괜찮아. 자네 덕분에 내가 살아.

남편과 사이가 좋지 않을 때는 사는 게 고역이었습니다. 우울했습니다. 재미도 없었지요. 결혼 생활에 고민도 많이 했었습니다. 만약 남편과의 관계, 가정의 행복을 원한다면 남들과 비교하는 마음, 기대하는 마음, 이기적인 마음을 버려야 합니다. 왜냐하면 인간관계, 즉, 남편과의 관계는 주고받는 '거래'가 아니라 아낌없이 주고 내 짝이 '최고'라는 믿음으로 대할 때만 만들어지기 때문입니다. 23년째 같은 사람과 살면서 얻은 지혜입니다. 하루에도 수십 번 변하는 게 사람 마음입니다. 어떻게 매일 좋고, 매 순간 똑같은 감정을 가질 수 있을까요? 때론 서로

에게 좋지 않은 말로 상처를 주고받지만 그럴 땐 '미안하다' 먼저 말하면 됩니다. 내가 한 발짝 뒤로 물러나 상대를 배려하고 마음 다독여 준다면 서로에게 기쁨이 될 수 있겠지요. 마음 하나 바꿨습니다. 남편의 단점보다 장점을 보았습니다. 매일 아침 일어나 내 남편이 최고라 외쳤습니다. 신기하게도 싫었던 남편이 좋아졌습니다. 남편 또한 저와 아이들을 위해 시간을 비워 둡니다. 일주일 동안 일로, 사람으로 지치고 힘이 들 텐데도 불평 한마디 하지 않습니다. 아이들과 제 기분을 맞춰 줍니다. 지금 행복합니다. 이것이 부부가 살아가는 이유 아닐까요.

2-4

꿈이 있다면 힘들어도 고통을 견딜 수 있다

김지안

2009년 10월 말, 한국은 제법 찬바람 부는 초겨울 날씨였다. 강남역 4번 출구 앞, 투썸 플레이스에서 토요일 오후 3시 그녀를 만났다. 짙은 카키색 롱 코트를 입고 있었다. 그녀는 체격이 왜소한데도 단단해 보였다.

"안녕하세요, 저는 이재영이라고 해요. 아빠 주변 지인 자녀 중에 언니같이 패션 쪽 일을 하는 사람이 있다고 해서 놀랐어요. 만나서 반가워요. 제가 언니 만나게 해 달라고 부탁드렸어요. 언니에게 물어보고 싶은 거 많아요." 그녀의 첫인사 한 문장을 듣고 나는 알아챘다. 아빠에게 전해 듣기로 지인분도 여러 번 사업을 실패한 경험이 있다고 했다. 그녀도 나처럼 아버지 사업 실패로 고생스러운 청소년기를 보냈으리라 미루어 짐작할 수 있었다. 재영은 솔직한 성격이었다. 짧은 대화였지만 공감대가 생겼다. 마음의 문이 활짝 열렸다. 내가 겪었던 시행착오와 실수를 알려 주면 그녀의 미래에 도움이 될 것 같았다. 성향이 나와 비슷해 보였다. 적극적이고 당차 보였다. 좋아하는 패션 일을 하면서 미래를 꿈꾸는 모습이 좋아 보였다. 그녀는 나에게 이런저런 패션업계 현실을 듣고 싶어 했다. 남성복 디자이너로 성장하고 싶다고 했다.

어느 날 아빠는 지인의 딸을 만나 달라고 했다. 서울에서 4년제 대학 의상디자인학과를 졸업한 사회 초년생이라고 했다. 나는 누군가에게 패션 업계에 대해서 조언해 줄 만큼 경험이 없었다. 나도 겨우 눈칫밥 먹어 가며 일하고 있는데 누구에게 조언해 줄 수 있단 말인가. 그런 이유로 몇 번을 거절했다. 사회 초년생에게 내가 알고 있는 업계 이야기를 해 주는 것이 도움이 될까 싶었다. 나도 직장 생활을 어렵사리 하고 있었기 때문에 만남이 부담스러웠다. 이런 나의 속사정을 아는지 모르는지 아빠는 주변 지인들에게 내 이야기를 한 모양이다. 남들 앞에 이렇다 할 만큼 내세울 만한 경력이 아닌데도 아빠는 나를 대견해했다. 쥐구멍이라도 있으면 숨고 싶었다. 한 번만 만나서 이야기해 달라고 부탁하는 아빠에게 계속 거절하기가 난감했다. 하는 수 없이 토요일 오후 한 시간 정도만 만나겠다고 했다. 한 시간이면 충분한 시간이라고 생각했다. 처음 만난 재영과의 이야기는 멈출 줄 모르고 이어졌다. 지난 10년 이상의 내 경험과 그녀의 사회 초년생 이야기는 꼬리에 꼬리를 물고 이어졌다.

디자이너가 되고 싶어 하는 재영에게 그녀가 꿈꾸는 미래의 모습이 어떤 모습인지 먼저 물었다. 그녀는 자기가 무엇을 원하는지 분명했다. 단지 그 길이 맞는지 아닌지 확신이 없다고 했다. 그녀는 현재 청담동에 있는 남성복 개인 디자이너 브랜드에서 막내 디자이너로 근무하고 있다고 했다. 나도 알고 있는 신진 디자이너 숍이었다. 남성복 디자이너가 되고 싶다고 했다. 보통 개인 작업실이 있는 디자이너 숍에 직원으로 입사하면 급여는 소액을 받는 경우가 많다. 대신 도제식으로 일을 배우기 때문에 조직 규모가 큰 디자인실에서보다 다양한 일을 빨리 배울 수 있다. 급여는 적지만 창의적인 개인 취향 디자인 개발 방법과 전문적인 기술을 전방위로 배울 수 있다. 선배로서 조언을 건넸다.

첫 번째, 앞으로 10년, 20년 후의 모습을 떠올려 보라고 했다. 큰 회사에 입사해서 그럴싸한 직장에 소속된 디자이너가 되고 싶은지, 내 브랜드를 갖고 싶은 건지 길을 정해야 할 거라고 말해 주었다. 당장 돈을 동년배들 버는 만큼 벌고 싶다면 개인 디자이너 숍에서 계속 근무하는 건 신중하게 생각해야 한다고 말했다. 돈을 우선시하는 순간부터 적은 급여에 지칠 거라고 말이다.

두 번째, 내가 잘할 수 있는 일과 내가 좋아하는 일은 차이가 있을 수 있다. 내 경우를 보면 디자인을 전공하기는 했지만 잘 팔리는 상품을 골라내서 판매 성과를 내는 데 재미를 느꼈다. 내가 디자인을 좋아하거나 잘하지 않는다는 걸 디자인 공부 시작할 때부터 알았다. 나는 소비자가 좋아하는 상품을 많이 팔아서 매출을 일으키고 영업 이익을 내는 게 훨씬 재미있었다. 숫자가 커지는 게임이 매력적이었다. 일이 재미가 없는데 돈만 좇으며 일하는 것만큼 지겨운 건 없다고 생각했다. 자신이 중요하게 생각하는 가치가 무엇인지 생각해 봐야 한다고 말했다.

세 번째, 일하다 보면 어려운 상황이나 실패에 직면하게 될 때가 있다. 미래에 대한 명확한 꿈이 있다면 꿈을 이뤘을 때의 모습을 생각해 보라고 했다. 지금의 어려운 상황을 하찮게 여길 수 있게 만들어 준다.

남성복 디자이너의 꿈을 이루기 위해서는 오랜 시간이 걸릴 수도 있을 거라고 말해줬다. 그런데도 본인의 꿈이 확고하다면 디자이너 선생님에게 배울 수 있는 건 최대한 많이 배우라고 권했다. 나는 엠디가 되고 싶어서 10년 동안 공부에 시간을 투자하고 결국 엠디가 되었다. 돈을 벌고 싶으면 사업을 하는 게 옳다고 말했다.

네 번째, 성공한 선배나 멘토의 조언을 받는 자세를 유지하는 것이 좋다고 말했다. 재영이는 이미 실천하고 있으니 앞으로 나보다 앞서 경험한 선배의 조언을 받아 보기를 추천했다. 자기 자신의 발전을 도모하고 개발하기 위해서 도움을 청한다면 나처럼 다른 그 누구라도 조언을 아끼지 않을 거라고 말했다. 내가 해 보지는 않았지만 다양한 시각, 관심 등 열린 관점도 도움이 될 거라고 말해 주었다. 나는 대학 졸업 후에도 교수, 조교, 선배에게 현업에 대해서 질문했었다. 앞으로 진로를 선택할 때 어떤 노력을 기울여야 하는지, 어떻게 해야 하는지 방법을 배워야 했기 때문이다.

아버지로부터 연락이 왔다. 아빠의 친한 지인의 딸이 결혼한다는 소식이었다. "지안아, 기억나냐? 예전에 너 만났었던 재영이 말이다. 너 결혼식에 참석할 수 있는지 묻더란다. 지안이 너 그때 만났을 때 조언해 줘서 고마웠다고 인사하더란다." 오랜만에 듣는 이름이었다. 그때 그 시절 미래를 불안해하던 재영이가 떠올랐다. 보잘것없는 나의 경험이 사회 초년생이던 재영에게 도움이 되었다니 흐뭇했다. 지금은 대기업 남성복 디자인실 수석 디자이너가 되어 있다고 했다. 14년 전 본인이 꿈꾸던 미래 모습대로 되어 있었다.

"꿈을 이루고자 하는 용기만 있다면 모든 꿈을 이룰 수 있다."

- 월트 디즈니

오랜 시간 동안 재영의 꿈을 향한 발걸음이 꾸준했으리라 짐작할 수 있었다. 그녀는 꿈꾸던 대로 남성복 디자이너가 되었고, 나는 내가 원하던 대로 신규 여성복 브랜드 론칭 기획팀장 MD가 되었다. 누구나 꿈을 꾸지만 아무나 꿈을 실현하지 못한다. 미래에 내가 꿈꾸는 모습을 매 순간 떠올리면서 가슴 뛰는 느낌을 새길 수 있다면 고통스러운 시간도 참아 낼 수 있게 된다. 약하고 미약한 존재일지라도 자기 확언과 확신을 통해서 꿈꾸는 미래를 반복적으로 상상해 보면 어느새 내가 그 모습이 되어 있을 것이라 믿는다. 오늘 하루도 바쁜 하루였지만 언젠가 이루어져 있을 나의 꿈을 그려 본다.

2-5

축제 같은 하루, 이벤트의 여왕

김한송

바보라는 단어가 언젠가부터 '사랑'이라는 개념으로 인식되고 있다. 딸 바보, 아들 바보, 조카 바보, 친구 바보 등으로 부른다. 지극히 그 존재를 애지중지 귀하게 여긴다는 의미로 쓰인다. 나도 누군가의 바보로 살았다. 일명 '교사 바보'였다. 어떻게 나 자신을 이렇게 정의할 수 있었을까?

사실 유아교육에 머물러 있을 때는 잘 몰랐다. 25년을 지내고 돌아보니 완벽히 교사 바보로 살아온 시간이었다. 어떤 일이든 이론과 실제는 다르다. 겉에서 보면 화려하고 멋져 보이는 직업도 직접 그 과정을 경험하고 나면 만만하게 여겨지는 일은 하나도 없다. 아이들을 가르치는 일도 마찬가지다. 유아 교사라 하면 보통 참한 여성상을 먼저 떠올릴 것이다. 하지만 교육 현장에서 교사와 원장은 천하무적 슈퍼우먼이 된다. 아니, 그렇게 되어야 한다. 그래야만 즐겁게 이 일을 해낼 수 있다. 아이들이 아무리 사랑스러워도 강인한 체력과 멘탈이 없다면 금방 무너지기 쉽기 때문이다.

> "여러분이 어떤 직업에 종사하든 어떤 훈련을 받았든 또는 어떤 기술을 가지고 있든 가장 소중한 상품은 바로 여러분 자신입니다. 다른 사람에게 줄 수 있는 가장 귀한 선물은 본인이에요."
>
> \- 밥 버그/존 데이비드, 『THE GO GIVER』

나를 선물한다는 말은 어떤 의미일까? 단순히 좋은 사람이 되겠다는 말과는 차원이 다르게 느껴진다. 나는 사람에게 기대고 싶은 욕구도 컸고 사람의 마음을 얻고 싶은 욕심도 많았다. 그래서인지 내가 먼저 손 내밀어 말을 걸어 주고 소통하는 일이 즐거웠다.

사회생활 첫 시작은 혼자 학원을 운영하는 일이었다. 그래서였는지 몰라도 교사가 되었을 때 직장 동료라는 말이 좋았다. 머리 맞대고 의논할 수 있고, 서로 돕는 '동료'라는 울타리는 든든한 지원군이었다. 그런 동료와 밥 한 끼, 차 한잔이 전부였지만 내겐 시간을 내어 함께한다는 의미가 남달랐다.

이벤트의 여왕이라는 수식어가 붙었다. 교사들이 붙여 준 닉네임이다. 이벤트는 생각지 못했을 때 받은 선물이나 특별한 스토리가 담길 때 위력을 발휘한다. TV에 나오는 이야기 중 남자의 특별한 프러포즈가 여심을 자극하기도 하고, 먼 거리를 기꺼이 달려가 진심을 전하는 짠한 이야기에 눈물을 흘리기도 한다. 사람에게 감동과 소중함을 선물하는 순간이 바로 이벤트다. 생각지 못한 선물을 받을 때 행복 지수는 몇 곱절 높아진다. 누군가 나를 위해 이벤트를 해 준다는 상상만으로도 기분은 좋아진다.

나는 프러포즈 같은 건 받지 못했지만, 낭만을 품고 사는 사람일 거라는 환상 속에 결혼을 선택했다. 왜냐하면 남편은 내가 운영하는 피아노 학원에 수시로 드나드는 모범 제자였기 때문이다. 결혼 후, 극현실주의가 된 남편에게서 이벤트를 바라는 일은 사막에서 오아시스를 찾는 일만큼이나 고단한 일이었다. 그래서였을까? 내가 원하고 바라는 소소한 이벤트를 교사들과 나누었다. 행복한 마음으로 조건 없이 주다 보니 받을 때보다 줄 때의 기쁨이 배가 된다는 것을 알게 되었다.

스승의 권위를 챙길 여유가 없는 요즘 시대다. 하지만 1년에 딱 하루, 스승의 날만큼은 대접받는 하루로 기억할 수 있기를 바랐다. 교육자의 자부심은 열정적으로 가르치는 성취감도 있지만, 적절한 인정과 보상을 받을 때 더 빛날 수 있기 때문이다.

김영란법이 제정되면서부터 학부모들이 보내 준 정성 가득한 선물마저도 돌려보내야 하는 삭막한 현실을 맞이했다. 내 아이 잘 봐 달라는 대가성 선물도 있었고, 진짜 선물을 돌려보내나 하는 호기심에 아이 편에 선물을 보내는 경우도 있었다. 마음을 몰라준다고 서운함을 표현하는 학부모들을 달래야 하는 웃지 못할 에피소드도 생겼다. 나는 말도 많고 탈도 많았던 스승의 날에 교사들의 수고를 알아주는 첫 번째 사람이 되고 싶었다.

수년간 잊지 않고 준비한 첫 번째 선물은 손 편지였다. 짧은 메모가 아닌 긴 편지다. 열 명이 넘는 교사들에게 다른 내용으로 손 편지를 쓰는 일도 쉬운 일은 아니었다. 그리고 교사들에게 꼭 필요한 선물을 고르고 챙기는 정성도 만만치 않았다. 선물의 종류는 다양했다. 립스틱이나 화장품, 티셔츠, 스마트폰 케이스, 다이어리, 꽃다발, 이름을 새겨 넣은 액세서리, 커피 쿠폰 등 나의 교육 경력만큼이나 선물의 종류도 다양하다. 중요한 것은 여기서부터다. 선물 준비는 기본이지만 이벤트를 하려면 쥐도 새도 모르게 짜잔! 하고 교사들을 놀라게 해야 한다. 뻔한 선물 증정식은 내가 재미없었다.

스승의 날이 주말일 때면 하루 이틀 전, 이벤트를 기획한다. 다른 이유는 없었다. 그 하루, 순간만이라도 웃으며 교사라는 직업에 자부심을 가질 수 있기를 바랄 뿐이었다. 늦은 밤까지 준비한 엽서와 선물을 펼쳐 포장하고 있으면 남편이 말한다. "또 시작이야?" 아들들은 자기들 선물은 없냐며 삐죽거리기도 했다.

이벤트를 작정한 날에는 평소보다 더 일찍 출근한다. 각 반 교사 책상에 일일이 선물을 놓아두고 현관에서부터 교실까지 글자를 따라가도록 바닥에 붙여 둔다. 긍정적인 말을 읽으면서 교실을 찾아가는 재미를 느끼게 해 주고 싶었다. 또, 겨울에는 불을 꺼 두고 화려한 조명으로 출근 이벤트를 하기도 했다. 어떤 때는 어린이집에 큰일이라도 난 것처럼 호들갑을 떨면서 교사들을 한 장소에 불러 모아 긴급회의 콘셉트로 시작해 축하 케이크의 촛불을 함께 불기도 했다. 이벤트를 해 주는 것 같지만 사실은 내가 더 기쁘다. 준비하는 과정에서 이미 행복한 마음이 장착되니까 말이다.

지금도 기억하는 이벤트는 목소리를 녹음해서 힘내라는 메시지를 전했던 순간이다. 유난히 지치고 힘든 시간을 보내고 있던 교사 몇몇은 나의 정성에 울컥해 눈물을 보이기도 했다. 이벤트를 한 보람이 느껴졌다. 사람의 진심은 통하기 마련이다. 관심과 정성은 빗장이 걸린 교사들의 마음까지도 녹이는 마법이 생겼다. 매 순간 아이들과 학부모들에게 정성을 쏟은 만큼 보상받게 해 주고 싶었다. 그런 내 마음은 그들의 가슴에 저절로 스며들었다.

해마다 이벤트는 진화되어 교사들도 은근히 기대하는 분위기였다. 스승의 날 한 번이 아니었다. 크리스마스이브, 눈이 많이 내리는 날, 무더운 여름날 등 교사들을 기분 좋게 할 수 있는 아이디어가 떠오르면 바로 실행에 옮겼다. 리더가 해야 할 일이 꼭 업무 전달만은 아니다. 일일이 표현하지 못한 마음을 보듬어주는 역할까지 리더의 몫이라 생각했다. 마음을 표현하는 일이 나의 일상이 되고 있었다. 내가 좋아서 시작한 이벤트가 행복 바이러스처럼 번져가기 시작했다. 그녀들의 일상이 축복이 되니 아이들을 더 안아 주고 사랑의 웃음소리가 끊이지 않았다. 교사들도 나에게 마음을 전하며 가까이 다가와 주었다.

아낌없이 주고받으며 마음을 나누었다. 기쁜 마음으로 함께 하는 순간을 즐겼다. 그동안 잊고 살았다. 교육자로 살았던 시간을 돌아보니 스스로 '교사 바보'라 부를 만하다. 어느 노랫말 가사처럼 살아가는 해

답이 있다면 그것은 아마도 사랑이 아니겠는가.

실패하고 좌절하는 시간은 어쩔 수 없이 찾아온다. 비켜 갈 수 없다면 진심으로 사랑하고 표현하는 시간을 늘려야 한다. 그런 순간이 많아질 때 가치 있는 인생이 될 것이라 확신한다. 축제 같은 하루를 만드는 일은 어렵지 않다. 재고 따지지 않고 사소한 것 하나라도 나누는 마음이면 된다. 그것이 전부다. 사랑이 없으면 아무것도 아니라는 말은 참말이다.

2-6

함께 꿈꾸자, 그림책 속 세상

송진설

"같이 삽시다, 쫌!"

어떤 마음으로 이런 말을 할까요? 절실하고 간절한 마음일 겁니다. 하수정 작가의 그림책 제목이기도 한데요. 이 그림책 표지를 보자마자 제목을 찰떡같이 잘 지었구나 싶었어요. 주인공은 비둘기거든요. 누구나 고개를 끄덕일 만하죠. 평화의 상징이던 비둘기가 어느 순간부터 천덕꾸러기가 되었어요. 어린 시절 미술 시간에 '나라 사랑'이라는 주제로 비둘기를 그렸는데 말이에요. 생각은 상황에 따라 달라집니다. 사랑스럽던 존재가 혐오스러운 이미지로 전락해 버렸어요. 비둘기 입장에서는 세상이 뒤집힌 거죠. 억울하고 비참할 겁니다. 그림책에서 먹이를 주는 사람은 오직 할아버지 한 사람으로 나옵니다. 다른 사람들에게는 그저 지저분하고 해롭기에 사라져 버렸으면 좋을 대상으로 나와요. 비둘기에게 등을 돌리며 쫓아내던 사람들은 비둘기가 사라지면 편안한 마음으로 살아갈까요? 아닐 거라 생각했습니다. 예상대로 그림책 속에서도 비둘기가 사라진 후에는 야생 고양이가 미움을 받고 있었답니다. 사람이 중심인 세상에서 그저 해를 끼치기에 몰아내려 합니다.

'내 아이만 잘 키우면 되지!'라고 생각하는 사람 있을까요? 그렇지 않을 겁니다. 내 아이가 사는 세상이 좋아지길 바랄 겁니다. 그 마음만큼 모든 아이들이 잘 자라길 바랄 거예요. 제 마음도 그렇습니다. 함께 잘 자랐으면 좋겠습니다. '같이 잘 키웁시다!'라고 말하고 싶어요. 그림책의 힘을 알게 된 후 내 아이뿐만 아니라 많은 아이들에게 그림책을 읽어 주었던 것도 같은 이유입니다. '함께 잘 키워요!'라는 마음을 담은 행동이었어요. 그림책을 읽는 행위는 아름답고 건강한 정신을 위한 예술적인 활동입니다. 품에 안고 읽어 주었던 시간만큼 내 아이의 감성은 저녁 하늘에 노을이 물들 듯 천천히 아름다워졌을 겁니다.

그림책을 읽어 주는 사람이 되었습니다. 아이들에게 그림책 속 세상이 얼마나 따뜻한지 보여 주고 싶었어요. 이야기를 들으며 머릿속으로 이미지를 그리기도 하고, 짧은 글에 강력한 메시지를 담아 가기도 하고, 즉흥적으로 기분이 좋아질 수도 있다는 걸 느끼는 시간이길 바랐답니다. 책의 내용도 중요하지만 분위기를 잘 살릴 수 있도록 들려주어야 해요. 읽어 주는 사람과 듣는 이가 하나가 될 때 그림책은 완전체가 됩니다. 자연스럽게 예술적 경험을 하는 것이지요. 가만히 듣다가 질문이 떠오르면 스스럼없이 물어 옵니다. 그림책이 삶과 연결되는 순간입니다. 아이들이 예술적인 그림책과 함께하는 세상은 아름다운 세상일 겁니다.

『같이 삽시다 쫌!』을 읽어 주며 나의 어린 시절이 떠올랐어요. 1년 반마다 전학을 다녔던 초등학교 시절. 그때 친구들과 함께 노는 것이 소원이었습니다. 비둘기처럼 외면당한 건 아니지만 반 아이들과 자연스럽게 어울리지 못하고 어색하게 지냈거든요. 늘 외롭다는 생각이 가득했습니다. 행복한 학교 생활을 원했어요. 홀로 있는 시간은 마음을 궁핍하게 만들곤 했답니다. 학교에 있는 동안 긴장 속에서 하루를 보내야 했어요. 함께한다는 이유만으로도 마음이 편안해집니다. 친구가 필요했어요. 이야기를 나누며 마음을 나누고 싶었답니다. 혼자 지냈던 학창 시절이 많이 아쉬워요. 그때 그림책을 함께 볼 수 있었다면 어땠을까 하는 생각이 듭니다. 재미있는 장면을 보며 함께 까르르 웃기도 했을 겁니다. 그림책 주인공들과 등장인물에 대해 이야기 나누기도 하고, 벌어진 사건에 대해 서로의 생각을 나누었을 거예요.

도서관에서 아이들이 그림책 한 권을 사이에 두고 같이 보는 모습을 자주 봅니다. 그림 곳곳을 손가락으로 가리키며 서로 이야기를 나누고 있었어요. 그 모습이 예뻐서 한참을 바라보게 됩니다. 다정하게 보이는 아이들 모습이 어린 시절의 내가 그토록 바랐던 모습이어서 그런가 봅니다.

시은이가 네 살이었을 적입니다. 딸을 데리고 집 근처에 있는 작은 도서관에 자주 갔어요. 아파트 단지 내에 있는 곳이었는데 엄마들이 아이에게 조용히 소리 내어 그림책을 읽어 주는 분위기였어요. 시립도서관은 워낙 조용하기에 조심스러운데 작은 도서관은 편안하게 느껴졌지요. 아이의 손을 잡고 즐겁게 드나들며 그림책을 읽어 줄 수 있었답니다. 그날도 딸을 무릎에 앉히고 그림책을 읽어 주고 있었어요. 시은이 또래의 여자아이가 옆에 와서 앉았지요. 나와 눈이 마주쳤어요. 그림책이 궁금한 듯 보였습니다.

"같이 볼래?"

아이는 고개를 끄덕였어요. 바짝 더 붙어 앉더니 가만히 귀 기울였습니다. 잠시 뒤에 남자아이도 다가왔어요. 여러 권을 읽어 주었지요. 그 뒤로 도서관에 가면 어느새 옆에 와서 함께 들었습니다.

'마음에서 우러나온 책이라면 어떤 식으로든 다른 이의 마음에 와닿을 것이다.' 칼라임의 말입니다. 아이들에게 그림책을 읽어 주면 작가의 마음이 아이들에게 전달되는 듯합니다. 그림책 세상은 서로 다른 존재의 소중함을 알게 합니다. 나를 깊이 알게 되는 시간이기도 해요. 그림책을 읽는 공간은 감정을 품어 주는 포근한 공간이 됩니다. 아이들에게 만들어 주고 싶은 시간과 공간입니다. 그림책을 읽어 주는 내내 호기심 가득한 눈빛으로 바라보던 모습이 자꾸만 떠오릅니다.

세상은 연결되어 있어요. 하나의 통로처럼 말이죠. 서로를 이해하고, 격려하며 살아가야 합니다. 저에게는 그 통로가 그림책입니다. 공존하며 살아가는 방법을 배우는 길이기도 합니다. 그림책의 감동을 아이들과 나누고 싶어요. 그림책 읽어 주는 시간에는 아이들이 옹기종기 모여 앉아서 듣습니다. 반짝이는 두 눈은 그림책을 향해 있어요. 장면이 넘어갈 때마다 아이들의 눈길도 따라 움직입니다. 함께 같은 장면을 보고 이야기를 들어요. 마치 모두가 하나인 듯 말입니다. 작은 그림책 한 권이 아이들을 하나로 만듭니다. 그림책을 읽어 주었던 아이에게 쪽지를 받았어요. 연필로 꾹꾹 눌러쓴 글자들을 보자 절로 미소가 지어졌지요. '그림책 재미있게 읽어 주셔서 감사합니다. 그림책 읽어 주는 시간이 기다려집니다.' 아이의 미소 가득했던 표정이 생각났어요. 그림책에 푹 빠진 아이를 보자 그림책 읽어 주는 사람으로서 뿌듯한 마음이 들었습니다. 언제나 다정한 어른으로 그림책을 읽어 주고 싶어요. 나의 역할이란 생각이 듭니다. 아이들이 그림책을 만날 때의 감동을 잊지 않길 바라는 마음으로 그림책 세상을 안내하려 합니다.

그림책 속 세상은 따뜻한 공간입니다. 존재의 귀중함이 느껴지는 세상이지요. 함께하는 사람들과의 관계 속에서 다른 이의 생각을 공감하며 믿어 줄 수 있는 곳이지요. 그림책을 통해 소통하며 함께 꿈꾸며 살아가길 소망합니다. 그림책 읽어 주는 어른으로 내 아이와 다른 어린이들에게 꿈꾸는 시간 만들어 주길 바랍니다. 그림책과 함께하는 아이들은 행복한 사람으로 자라날 겁니다. 그 여정을 같이하는 어른이 많아졌으면 좋겠어요. 우선 내 아이에게 그림책을 읽어 주세요. 따뜻한 시선으로 아이에게 사랑을 떠먹이듯 한 장면 한 문장을 들려주고 보여주세요. 마음이 포근한 아이들이 살아가는 세상은 향기로운 단어가 가득한 공간이 되리라고 믿어요.

"함께 읽어 줍시다, 그림책!"

2-7

나눔으로써 나는 풍요로워졌다

이정숙

2001년 7월 중순, 토요일 오전 무렵 경찰서 주차장에 사람들이 속속 모였다. 포항 구룡포에 있는 홀몸 어르신들 댁으로 봉사하러 가는 날이다. 같은 경찰서에 근무하는 20대 남녀 선후배 일곱 명이 모였다. 복지관에서 지원하는 반찬을 받아 배달하고, 방문하여 청소와 빨래도 하고 말벗도 되어 드렸다. 한 달에 두 번, 토요일이면 정기적으로 만났다. 두 팀으로 나눠 반찬을 챙기고, 배당받은 장소로 출발했다. 구룡포는 바다를 끼고 있는 어촌이자, 농촌이다. 우리 팀이 방문할 곳은 지금은 근대문화역사 거리(일본 가옥 거리)로 지정된 일본 가옥과 농촌집이다. 일본 가옥은 말 그대로 일제 강점기에 지어진 일본식 주택으로, 2층 목조 건물이다. 짙은 톤의 목조 건물이라 다소 어두웠다. 1층은 마루가 있는 창고 구조고, 한쪽에 2층으로 연결되는 계단이 있다. 계단은 무척 좁고 가파르다. 계단을 오르면 나직한 다락방이 나온다. 그 집에는 할아버지가 혼자 거주하신다. 할아버지는 다락방에서 생활하신다.

오르내리기 불편할 것 같은데, 할아버지는 익숙하게 곧잘 오르내리셨다. 가져간 반찬을 전해 드리고, 다락방으로 올라갔다. 물건을 정리하고 쓸고 닦았다. 좁은 다락방이라 금세 끝났다. 할아버지와 대화를 나눴다. 혼자 계시니 아무래도 적적했다. 그나마 우리와의 만남이 잠시나마 위로가 되는 시간이었다. 담소를 나눈 뒤, 2주 후 다시 오겠다며 인사드렸다. 다음 집으로 향했다. 농촌에 있는 작은 집으로, 마당이 있는 단층 슬래브 주택이다. 이곳에도 할아버지 한 분이 거주하신다. 할아버지는 특히 우리를 반기셨다. 청소 시작 전, 세탁기에 빨래를 넣어 돌렸다. 집 안 구석구석 쓸고 닦았다. 마당도 청소하고 물을 뿌렸다. 세탁된 빨래를 탁탁 털었다. 마당에 있는 빨랫줄에 널었다. 햇볕이 쨍쨍하게 내리쬐고 있었다. 청소와 빨래를 끝내니, 땀범벅이 되었다. 수돗가에서 손과 얼굴을 씻었다. 모두 툇마루에 걸터앉았다. 할아버지의 말동무가 되어 드렸다. 그렇게 시간을 보낸 후 돌아서 나오는데, 할아버지는 못내 아쉬워하셨다.

2년여 봉사 활동을 지속했다. 작은 봉사였지만, 즐거웠다. 우리의 작은 수고가 누군가에게 도움이 된다는 사실만으로도 흡족했다. 각자 인사 발령으로 흩어지면서, 봉사는 중단되었다. 적적하실 어른들이 마음 한편에 걸렸다.

2017년 9월 초순 토요일 오후 무렵 성당 지하 주방에 한 사람, 한 사람 모이기 시작했다. 매주 토요일 오후가 되면 주일 학교 학생들을 위한 엄마들의 간식 봉사가 있었다. 오늘은 돈가스를 만들기로 한 날이다. 봉사 대표를 맡고 있던 나는 미리 장을 봐서 재료를 가져다 두었다. 그전에 한 언니가 귀띔해 주었다. 돈가스는 밀계빵이라고. 돼지고기에 밀가루, 계란, 빵가루 순으로 묻혀서 튀기라는 말이었다. 거기다 빵가루는 식빵을 갈아서 만들면 더욱 맛있다고 했다. 요리를 잘하지 못하던 나는, 언니가 알려 준 대로 하기로 했다. 요리 분량은 보통 팔십 내지 백 인분이었다. 식빵을 많이 갈아야 하니 믹서기도 많으면 좋을 것 같았다. 내가 믹서기 한 대를 가져갔고, 언니 두 명에게도 믹서기를 가져다 달라고 부탁했다. 재료가 준비되고, 일고여덟 명의 사람들이 모였다. 요리를 시작했다. 매번 시작과 더불어, 신기하게도 숨은 요리 고수가 등장했다. 이렇게 하면 된다며 솜씨를 보여 주었다. 요리 경험이 부족했던 나는 늘 집에서 미리 실습했다. 레시피를 검색해서 소규모 분량 재료를 준비했다. 직접 만들어 보며 시행착오를 겪었다. 요리 후 일인 분량에 필요한 수량만큼 곱해서 재료를 준비했다. 돈가스를 만들기 전, 업소용 대형 밥솥에 밥을 먼저 안쳤다. 칼집을 낸 돼지고기 등심은 소금과 후추를 뿌려 잠시 재워 두었다. 계란을 풀었다. 밀가루는 넓은 쟁반에 담기만 하면 되니, 빵가루를 먼저 준비하기로 했다. 세 대의 믹서기에 식빵을 넣어 갈았다. 생각보다 잘 갈리지 않았다. 왜 이렇게 안 갈릴까 생각했다, 여러 번에 나눠서 갈았다. 계속 갈다 보니 믹서기는 뜨겁게 달아올랐다. 고무 타는 냄새가 나기 시작했다. 누군가 빵가루를 사 오자고 했다. 나는 식빵을 갈면 맛있다고 하니 조금만 더 갈자고 했다. 어느 순간 믹서기가 멈췄다. 회전판 밑에 부착된 고무가 녹아 버렸다. 내 믹서기가 고장 나서 그나마 다행이었다. 다른 두 내의 믹서기도 식빵 갈기에 여념이 없었다. 한 대가 고장 났으니, 두 대가 제 몫을 다해야 했다. 생각만큼 다른 믹서기도 잘 갈리지 않았다, 또 한 대가 고장 났다. 식빵은 아직 남았는데, 두 대의 믹서기가 고장 났다. 더 이상 안 될 것 같아 대용량 빵가루를 사 왔다. 집에서 소량으로 식빵을 갈 때는 몰랐다. 나중에 알고 보니, 식빵이 바싹하지 않아 잘 갈리지 않았던 터였다. 살짝이라도 구웠어야 했는데. 생각이 거기까지 미치지 못했다. 미리 재워 둔 돼지고기를 조리용 망치로 두드렸다. 칼집을 넣어 두었지만, 좀 더 부드럽게 만들기 위해서였다. 두드린 돼지고기에 밀가루를 묻혔다. 다시 계란물을 묻히고, 빵가루를 묻혔다. 두 개의 대형 웍에 기름을 가득 넣어 데웠다. 한참 후 소금을 넣어 보니, 소금이 떠올랐다. 밀계빵을 묻혀 준비해 놓은 고기를 기름에 넣었다. 자글자글 기름이 끓어올랐다. 돈가스는 점점 노릇노릇한 빛깔로 익어 갔다. 잘 익힌 돈가스는 건져 기름을 뺐다. 백 인분 상당 돈가스를 계속 튀겨 냈다. 돈가스를 튀기는 동안, 한쪽에서는 소스를 준비했다. 버터에 밀가루를 넣어서 타지 않도록 볶아, 소스를 걸쭉하게 만드는 '루'를 만들었다. 거기에 설탕, 간장, 케첩, 식초 등을 넣어 끓여 냈다. 준비된 접시에 돈가스와 밥을 올렸다. 접시 한쪽에는 샐러드, 미니 과일을 올리고 소스를 뿌렸다. 맛깔스러워 보였다. 3시간 상당 함께 땀을 흘린 결과였다.

2년 동안 간식 봉사를 했다. 이전에 하지 못한 새로운 경험이었다. 아이들이 좋아할 메뉴 선정으로 고민했다. 평소 만들어 보지 못한 색다른 요리도 시도해 보았다. 난생처음 백 인분이라는 밥도 지어 보았다. 나를 위한 일이라면 못 할 일이었다. 혼자라면 할 수 없는 일이었다. 나눔을 위한 봉사였고, 함께였기에 가능했다. 맛있게 먹는 아이들을 보며 기쁨을 느꼈다. 직장 생활과 가정생활에, 봉사까지 하려니 시간이 빠듯했다. 그럼에도 봉사를 통해 얻은 큰 배움은 감사였다. 봉사할 수 있는 기회가 있음에 감사했고, 함께해 주는 사람들이 있어 감사했다. 어려움 속에서도 감사를 배우는 귀한 시간이었다.

"기쁜 일은 서로의 나눔을 통해 두 배로 늘어나고, 힘든 일은 함께 주고받음으로써 반으로 줄어든다." 존 포웰의 말이다. 수학적 계산에 의하면, 나누면 줄어들기 마련이다. 봉사를 통한 나눔은 달랐다. 시간을 나누고 땀을 나누었더니 누군가는 위로받았고, 누군가는 행복해했다. 그들을 보며 나 또한 기뻤고, 감사했다. 작은 봉사의 씨앗이 선한 영향력으로 뻗어 나갈 수 있음을 배웠다. 나만을 위한 세상이 아니다. 함께 살아가는 세상이다. 나눔으로써 더욱 풍요로워진다는 사실을 깨달으며 살아간다.

2-8

에벤에셀, 사랑의 손길이 머무는 곳

우승자

"쌤, 저 사회복지사 자격증 나왔어요!"

정민이 목소리는 전화기를 뚫고 나올 듯했다. 너무 감격스러워 눈물이 흘렀다. 기적이었다. 그 누구라도 마음먹고 공부하면 취득할 수 있는 자격증이다. 하지만 정민이는 눈 초점을 맞추기도 어렵고, 걷지 못하는 중증 지체 장애인이기 때문이다. 불편한 몸으로 전공 과목과 실습을 병행하여 자격증을 취득했다. 이론 143학점과 실습 160시간을 채우는 과정에서 그동안 흘린 땀방울은 짐작하기조차 어렵다. 노력과 도전을 멈추지 않는 정민이는 사회복지사 자격을 갖추었을 뿐 아니라, 벌써 5권의 시집을 낸 어엿한 시인이다.

정민이를 처음 만난 건 20년 전으로 거슬러 올라간다. 봉사 활동 하러 갔을 때 첫돌이 된 정민이가 있었다. 그곳은 '에벤에셀의 집'이었다. 히브리어로 '도움의 돌'이라는 뜻을 지닌 에벤에셀의 집은 장애인 공동생활 가정이다. 1997년 8월에 김두호 원장 내외분이 아홉 명의 장애아를 데리고 문을 열었다. 수원천이 흐르는 세류동의 비좁은 단칸방에서 시작했다. 문을 열면 신발 벗어 둘 데도 마땅치 않았다. 몇 차례 이사하는 중에 후원자 한 분이 장애아들이 편리하게 지낼 수 있도록 집을 지어 주었다. 2005년에 새 둥지로 옮긴 후 지금까지 생활하고 있다. 내가 에벤에셀을 알게 된 건 〈도움의 손길이 필요한 곳〉이라는 TV 프로그램을 통해서였다. 보는 순간, 마음이 끌려 찾아갔다. 그날의 인연이 지금까지 이어져 가족이 되었다.

내가 봉사 활동에 발을 들여놓은 계기는 중학교 때 교회에서 하는 활동에 참여하면서부터다. 여러 복지 시설을 찾아다니며 필요한 물품을 전하거나, 청소하는 일이라 큰 어려움은 없었다. 봉사를 다녀오면 몸은 힘들지만, 말로 다 설명할 수 없는 뿌듯함과 보람을 느꼈다. 다른 사람을 돕는 일이 어떤 의미인지 희미하게나마 깨닫기 시작했다. 교회 어른들을 따라다니면서 봉사 정신이 몸과 마음에 스며들었다. 어느덧 내 삶의 방향에도 영향을 주었다. 커 가면서 기회가 있을 때마다 양로원이나 보육원 등의 시설에 가서 도움의 손길을 나누었다.

에벤에셀은 마침 우리 집에서 가까웠고, 장애인 공동체 시설이라 더 마음이 갔다. 3년 가량은 혼자 다녔다. 맏이 영진이부터 막내 정민이까지 아홉 명의 아이들이 살고 있었다. 한 번, 두 번 방문하면서 천사들(원장님 내외분은 아이들을 천사라고 불렀다.)과 점점 친해졌다. 나는 낮이든 밤이든 틈날 때마다 찾아갔다. 언제 가더라도 아이들을 대하는 원장 내외분의 한결같은 모습에 고개 숙였다. 두 분이 실천하는 희생과 사랑은 나의 발걸음을 에벤에셀로 이끌었다. 꾸준히 봉사하러 오는 사람도 많았다. 목욕, 이발, 빨래, 아이들의 이동 등을 돕는 고정 봉사자들을 볼 때마다 대단하다는 생각이 들었다. 장애아이들 재활 훈련을 위해 정형외과에서도 정기적으로 치료를 해 주고 있다는 사실도 알았다. 시청으로부터 공과금도 지원받고, 이름 없이 후원해 주는 고마운 분들이 있다는 것을 알게 되면서 세상은 따뜻하고 살만하다고 느꼈다. 나도 할 수 있는 작은 일들을 찾았다. 쌀, 휴지, 기저귀 등 필요한 생필품 후원자를 찾고, 기본 생활비 충당을 위한 정기 후원자도 모았다. 기부할 마음은 있지만 기회가 없거나 마땅한 시설을 찾지 못해 나누지 못하는 사람도 의외로 많기 때문이다.

2006년, 근무하던 율전중학교가 봉사 활동 시범 학교로 선정되었다. 한두 번에 그치지 않고 지속적인 봉사가 필요한 곳이라 나는 두 팔 벌려 환호했다. 에벤에셀을 소개하고 참여할 학생을 모집했다. 경호, 민재, 진희, 세희, 설화 등 다섯 명이 지원했다. 아이들은 봉사 경험도 없고, 장애 시설에 대한 두려움을 지니고 있었다. 부담스럽고 어떻게 대해야 하는지 모르지만 해 보고 싶다는 마음은 가득한 아이들이었다. 제자들과도 봉사를 통한 나눔의 기쁨을 자연스럽게 가르칠 수 있는 시간이었다.

첫 방문을 앞두고 에벤에셀에서 생활하는 장애인들의 인적 사항과 특징, 주의할 점, 아이들이 해야 할 봉사 활동 범위에 대해 안내했다. 증상은 주로 뇌성마비로 인해 몸이 불편하다는 것을 알려 주었다. 자폐증도 있고 발육 부진으로 기능이 떨어진다는 사실도 말해 주었다.

일상적인 작은 일부터 도움이 필요한 곳이기에 우리의 손길을 보태자고 했다. 무엇보다 인격적인 태도를 강조하면서 봉사 활동이 시작되었다. 아이들은 내가 생각했던 것보다 훨씬 잘 받아들이고 금방 친해졌다. 서로 편견 없이 언니, 오빠라고 부르며 지내는 모습에 코끝이 찡했다. 두 번째 방문부터는 아이들이 용돈을 절약해서 학습 및 놀이 도구를 준비하여 나눔과 베풂을 실천했다. 한글과 숫자 공부, 찰흙 놀이, 블록 놀이, 종이접기 등 아이들은 열심히 준비했고 놀이 종류도 점점 다양해졌다. 에벤에셀 천사들의 해맑은 표정, 사랑의 손길을 받아들이는 모습에서 나눔의 신비를 체험한 아이들이었다. 봉사 활동이라는 이름으로 만났지만, 서로에게 기쁨을 주었다.

자기 이해와 진로 탐색 시기의 아이들에게는 자신의 길을 찾아가는 계기가 되었다. 경찰이 꿈이었던 경호와 연예인이 되겠다던 설화는 사회 복지사의 꿈을 꾸게 되었다. 봉사 활동을 통해 장애인들과 더불어 살아간다는 것이 어떤 의미인지 깨달았기 때문이다. 에벤에셀 아이들은 몸을 의지대로 가누지 못한다. 하지만 무엇이든 하려고 애쓰는 모습은 봉사하는 아이들에게 살아 있는 교육 그 자체였다. 장애를 안고 살아가지만 노력하는 만큼 좋아지는 모습을 보면서 도움의 손길이 지닌 가치를 알게 된 것이다. 내가 느꼈던 것처럼 말이다.

막내인 정민이가 올해로 스물두 살, 사회 복지사가 되어 에벤에셀의 집 부원장이 되었다. 처음 만났을 때는 이렇게 긴 시간 동안 함께하리라고는 꿈에도 생각지 못했다. 함께한 모든 순간은 감사와 기적이 되었다.

정민이는 중학교 1학년 때 사춘기를 힘들게 겪었다. 반항과 방황의 시간을 보내느라 학교도 거의 못 나갔다. 유급 직전까지 간 상황에서야 알게 되었다. 놀이나 물질적 도움을 넘어 내적인 변화가 필요한 시점이었다. 다행스럽게도 정민이가 초등학교 5학년 때부터 시를 쓰고 있었다는 사실을 알았다. 자신의 마음을 시로 표현한 글들이 보석처럼 빛났다. 불편한 왼손으로 한 글자 한 글자 써 내려 간 시에서 정민이 마음이 전해졌다. '구슬이 서 말이라도 꿰여야 보배'라는 말이 떠올랐다. 정민이 글들을 묶어서 시집을 만들어야겠다고 생각했다. 시집을 내기 위한 방법을 찾았다. 출판사를 알아보고 친구들에게 도움을 청했다. 이리저리 뛰고 애쓴 결과 2014년 10월, 첫 시집『정민이가 보는 세상』이 빛을 보게 되었다. 자신이 쓴 글들이 시집이 되어 나오던 날, 세상을 다 가진 듯 행복해하던 모습을 잊을 수가 없다. 정민이의 밝고 환한 웃음으로 온 세상이 밝아지는 듯했다. 첫 시집 출간을 계기로 정민이는 완전히 달라졌다. 그날을 기점으로 성숙해진 정민이에게 내가 정신적인 기둥이 되어 준 듯해서 뿌듯하다. 그 후로 남은 중학교 생활에 충실했고, 고등학교에 진학하여 미래를 꿈꾸며 학업에 정진했다. 졸업과 함께 수원신학교에 입학하여 신학 공부에 도전했다. 그리고 에벤에셀의 집 운영을 염두에 두고 숭실사이버대학교 사회복지학과에 입학했다. 모든 과정을 거치고 드디어 사회 복지사 자격증을 취득하는 결실을 거두었다. 정민이의 성장과 변화를 지켜보는 일은 축복이다.

아이들은 에벤에셀 봉사 가는 날을 손꼽아 기다렸다. 모두 자신의 귀한 시간과 정성을 나누었다. 이런 작은 나눔이 몇 곱절의 '큰 기쁨'으로 되돌려받는다는 걸 스스로 깨달았다. 사람들은 많이 가져야만 나눌 수 있다고 생각한다. 하지만, 사랑의 손길을 나누는 일은 누구라도 할 수 있다. 나누면 나눌수록 삶은 더 풍요로워진다. 나눔을 통한 의미와 가치는 사람의 마음을 한 뼘 더 성장시킨다.

"따스한 손길, 다정한 마음, 지속적인 관심 그리고 사랑. 우리는 비록 외롭고 힘들어 울고 싶을 때도 있지만, 고마우신 분들 여러분이 계셔서 정말 행복합니다. 감사합니다." 에벤에셀 벽에 걸린 글이다. 이 글을 읽을 때마다 진정한 봉사의 의미를 되새기게 된다.

사랑의 손길이 풍요가 되는 곳, 나눌수록 기쁨이 커지는 곳, '우리'라는 의미를 더 깊게 새길 수 있는 곳, 에벤에셀이다.

2-9

웃으면 복이 와요

함해식

장거리 출장 용접 갔을 때의 일입니다. 담당자와 인사 후 현장을 봤습니다. 보는 순간 용접하기 힘들다는 느낌이 들었습니다. 그래서 아무래도 용접하기가 힘들 것 같다고 말했습니다. 일단 시도는 해 본다고 말을 했습니다. 3시간 지나도 용접이 되지 않습니다. 머릿속에는 계속 포기하자는 생각이 듭니다. 그런 생각을 달래고자 휘파람도 불고 혼자서 크게 웃어도 봅니다.

2년 전, 골프장에 용접하러 간 적이 있습니다. 용접하기 며칠 전 미리 보러 간 적도 있습니다. 그때는 힘들지 않다고 생각했습니다. 하지만 막상 와서 작업해 보니 쉽지 않습니다. 시작한 지 1시간 만에 포기하고 왔습니다. 그렇게 하면 마음도 편할 줄 알았습니다. 하지만 장비를 챙기고 공장에 와서도 내 마음이 편하지 않았습니다. 전화를 다시 해서 내일 한 번 더 하겠다는 말도 하고 싶었습니다. 그러지 못하고 참고 용접 연습을 했습니다. 똑같은 상황을 두고 이래도 해 보고 저래도 해 봅니다. 반복 연습 합니다. 하루가 지나고 이틀이 지나고 사흘이 지나다 보니, 힘든 구간이 용접됩니다. 용접 재미가 있습니다. 보람도 느낍니다.

3년 전, 상가 건물 배관을 용접하러 갔습니다. 옆에 타일 하시는 분이 덥고 먼지가 많은 환경에도 휘파람 부는 모습을 봤습니다. 그 모습에 저의 과거를 반성했습니다. 나는 일하다 안 되면 짜증을 내고 금방 포기했습니다. 그에게 배울 점을 찾고 적용했습니다. 습관을 내 것으로 만들기로 다짐했습니다. 혼자 있어서 기분이 우울해도 휘파람을 불고, 안 좋은 상황이 와도 휘파람을 불었습니다. 그렇게 따라 하니 기분도 좋았습니다. 안 좋던 일과 상황도 좋게 해결되었습니다. 그렇게 말한 뒤 다시 용접을 시작합니다. 휘파람도 불고, 웃어도 봅니다. 이제 안 되던 일이 잘됩니다. 일을 마치고 담당자에게 전화합니다. 사진 찍고 기계 테스트도 합니다. 해결이 잘되었다고 점심 식사도 대접해 줍니다.

20대 때는 직업 군인을 선택했습니다. 군 생활 3년 차에 장애인 복지 센터로 봉사 활동을 간 적이 있습니다. 태어나 처음으로 그곳에서 몸이 불편한 어린이와 어른들을 보았습니다. 너무나 즐겁게 노는 모습을 보았습니다. 저는 마당 청소와 방 청소를 했습니다. 힘이 들지만 하고 나니 기분이 좋았습니다. 아무 조건 없이 도와주는 데에서 보람을 느꼈습니다. 군 생활 하면서도 많이 위로가 되었습니다. 전역 후에도 좋은 추억이 많이 있어서 봉사 활동 카페에 참석했습니다. 매주 일요일 대구 팔공산에 있는 장애인 복지 센터에 봉사하러 갔습니다. 1년 정도 참여하다 개인적 사정으로 그만두게 되었습니다. 봉사는 나에게 특별한 의미가 있습니다. 처음엔 불편한 장애인을 보고 놀랐습니다. 그곳에서 봉사하고 집에 오면 기분이 좋았습니다. 시간이 지나도 잊히지 않았습니다.

군 생활 하면서 저녁에는 식당에서 밥을 먹는데, TV 속 이발사 할아버지를 보았습니다. 매주 일요일 요양원에 가서 무료로 어른들에게 이발해 드렸습니다. 그 모습이 아름다웠습니다. 그 기술 덕분에 아들딸 모두 학교를 보내고, 시집·장가 보냈다고 말했습니다. 지금은 나이를 먹어도 가진 기술 덕분에 누구를 도울 수 있어서 감사하다고 말합니다. 그 모습을 보고 집에 와서도 기분이 좋고, 며칠이 지나도 잊히지 않았습니다.

2021년 8월 중순, 칠포에 출장 용접을 간 적도 있습니다. 포크레인 붐대가 부러져서 급하다고 연락이 왔습니다. 마침 타 공장에 견적을 내고 오는데, 너무 더워 일찍 퇴근하려고 했습니다. 사정이 그러니 알겠다고 말을 했습니다. 공장에 가서 장비 테스트를 한 후 실어서 근처 편의점에 갔습니다. 삼각김밥에 컵라면을 사 먹었습니다. 시계를 보니 오후 6시라서 미리 먹고 가는 게 맞을 거라 생각했습니다. 현장 주소를 내비게이션에 쳐 보니 산속이라고 나옵니다. 그래서 식사를 마친 후 물과 음료수 등 먹거리도 샀습니다. 차에 타고 내비게이션을 입력하니 도착 시간으로 저녁 8시 30분이 찍힙니다. 목적지에 이동하면서 기도했습니다. 부러진 기계를 잘 붙이고 칭찬받는 모습을 생각했습니다. 현장에 도착해 굴삭기 장비 사장과 인사 후 기계를 봤습니다. 사진보다 더 심하게 부러졌습니다. 그래서 용접해도 얼마 쓰지 못한다고 했습니다. 내일 굴삭기 전문점에 가서 수리하는 게 낫겠다고 말했습니다. 그런데 오늘 저녁 사용하게끔 해 달라고 합니다. 부탁하고 또 부탁합니다. 간절한 눈빛으로 바라봅니다. 그 모습에 잠시 쓰게끔 하는데, 일 끝나면 바로 결제 바란다고 했습니다. 오케이 사인을 듣고 작업에 들어갑니다. 차량에 용접기와 전선을 연결하고 발전기도 시동을 겁니다. 어두워서 주변에 전등도 켜집니다. 부러진 기계를 하나씩 용접합니다. 30분 뒤 현장 안전관리자가 와서 안전 교육을 받아야 한다고 말을 합니다. 그래서 나는 여기 직원이 아니고 기계 고치러 온 사람이라고 말했습니다. 안전관리자가 그래도 사고 나면 본인이 책임을 져야 한다고 합니다. 그 시간은 밤이었고 너무 더워, 더 말하면 짜증 날 것 같았습니다. 그래서 알겠다 말했습니다. 5분 정도 걸으니 컨테이너가 보여 들어갔습니다. 15분 정도 교육을 듣고 종이에 사인하고 왔습니다. 현장에 다시 내려와 용접했습니다. 새벽 1시에 작업 중 용접기 전선이 고장 납니다. 일도 생각처럼 잘되지 않지만 웃음이 나옵니다. 전선 교체 후 다시 시작했습니디. 새벽 4시에 끝났습니다. 포크레인 사장에게 작업 결과를 보여 주고 수리비를 청구했습니다. 잠시 뒤, 지금은 너무 늦어서 안 되고 아침에 준다고 말을 합니다. 그래서 믿고 간다고 말을 했습니다. 그때부터가 문제였습니다. 오전에 입금은커녕, 전화도 안 받습니다. 다음 날 다시 전화하니 작업이 마음에 들지 않는다고 합니다. 또 비싸다고 말하고 계속 결제를 미룹니다. 더 이상 싸우고 싶지 않고, 감정을 소모하기도 싫었습니다. 그래서 포기했습니다. 지금까지 이런 일로 싸워 봤지만, 돈을 못 받는 경우도 많았습니다.

친형도 사업을 합니다. 사업 10년 차 넘어가면서 대구에서 공장을 하나 더 운영했습니다. 에어컨 부속품을 만드는 제조업이었습니다. 직원이 15명 쓰고, 2년 가까이 운영했습니다. 하지만 일이 생각처럼 꾸준하지 못하고 수입도 들쑥날쑥했습니다. 결국, 대구 공장을 그만두었습니다. 반년이 지나 친형과 같이 점심 식사를 했습니다. 대구 공장에 대한 이야기를 합니다. 처음에 잘해 볼 거라며 시작했는데, 끝마무리가 좋지 않아 몇억을 손해 봤다고 합니다. 그 말에 동생으로서 마음이 좀 아팠습니다. 그래도 우리 형은 결국 모든 게 잘될 거라 믿습니다.

매일 아침 좋은 생각을 하기 위해 자주 웃습니다. 특히 안 좋은 상황이 나타날 때 더 많이 웃습니다. 혼자 있는 시간에도 11초 이상 하루에 3~5번 웃습니다. 그러면 확실히 기분 전환이 됩니다. 대구에 공구를 사러 간 적이 있습니다. 여러 가게에 가서 공구를 구경하며 가격 비교도 했습니다. 웃으면서 모르는 것이 있으면 이것저것 물어봅니다. 직원이 기분 좋게 받아 줍니다. 구입하면서 내가 원하는 만큼 싸게도 해줍니다. 그 순간 기분이 좋았습니다. 직원도 저에게 웃게 해 줘서 고맙다고 말을 합니다. 처음 사업할 때가 생각납니다. 아침에 일어나면 인상을 쓰고 부정적인 생각부터 먼저 했습니다. 표정도 어두웠습니다. 세상에 제일 힘들다 할 정도로 살았습니다. 누구를 만나도 항상 긴장하고, 무뚝뚝하게 고객들을 만났습니다. 같이 일하기가 부담스럽다고 말을 합니다. 혼자 있는 시간에는 부정적 감정에 매일 빠졌습니다. 예를 들면, 비가 오는 날에 순간적 감정에 빠져 종일 아무것도 안 했습니다. 사무실에 누워만 있었습니다. 일찍 퇴근하기도 했습니다. 재미있게 살려고 노력도 하지 않았습니다. 웃지 않고 지냈습니다. 내가 즐겁지 않으니 모든 게 짜증 나고 용서가 되지 않았습니다. 그 예로 걸을 때 누군가 내 발을 밟으면 기분 나빠서 인상부터 썼습니다. 또 현수막 집에 광고를 문의하러 간 적이 있습니다. 가게 사장이 같이 앉아 이야기하는데, 너무 웃고 쳐다봅니다. 속으로 이상한 사람이라고 생각하고, 다음부터 전화가 오면 피했습니다. 그렇게 웃지 않는다고 인생이 더 좋아지지 않았습니다. 지인의 소개로 론다 번 작가의 『시크릿』을 읽었습니다. 평범한 여성 주부가 어느 날 갑자기 암 환자가 되었습니다. 그날부터 집에서 계속 웃었다고 합니다. 그리고 미리 완쾌됨에 감사하다고 계속 말을 했습니다. 혼자서 즐거운 코미디 프로를 보고 따라 웃어도 봅니다. 3개월 뒤, 그녀는 완쾌되었습니다. 저도 따라 해 봅니다. 소심하고 부정적인 생각을 가진 나도 실천합니다. 기분이 가라앉으면 들숨과 날숨을 내뱉으며 크게 웃습니다. 좋은 생각도 많이 합니다.

웃음은 문제를 받아들이는 가장 좋은 방법입니다. 왜냐하면 웃음을 통해 두려움도 극복할 수 있고 용기도 가질 수 있기 때문입니다. 용접이란 직업은 제가 좋아하는 일입니다. 하지만 현장에 가서 처음 일하다 보면 되는 날보다 안 되는 날이 더 많습니다. 그때마다 짜증 내고 그만두면 좋아하는 일을 오래 하지 못합니다. 안 좋은 상황일수록 더 크게 웃고 다시 시작합니다. 웃음 덕분에 일이 안 되다가도 좋은 해결책이 나타납니다. 웃을수록 좋은 운이 우리에게 찾아옵니다.

3장

상처와 기쁨의 흔적들

(상처를 주었을 때, 기쁨을 주었을 때, 나는 어떤 결과)

3-1

변화를 위한 발걸음

강성숙

현관문을 열고 신문을 집어 식탁 위에 놓는다. 1면 머리기사는 오늘도 무겁다. 폭우 피해, 초등 교사의 죽음 등. 안타까운 소식에 신문을 펼치기가 두렵다. 예상치 못한 재난, 교권 침해는 남의 일이 아니다.

퇴직 몇 해 전, 새 학교에 발령받고 1년간 질병 휴직을 했다. 신도시, 신설 학교, 소규모 학급, 학급별 적은 학생 수, 학부모의 높은 관심, 도심 속 산자락 소음 없는 환경. 밖에서 보는 학교는 자연 속의 아름다운 학교였다. 학교에 가고 싶어서 항암 치료 중 가발을 쓰고 가 보기도 했다. 냉난방 잘 되는 깨끗한 교실, 새 교재 교구, 주민들도 이용하고 싶어 하는 체육관, 시청각실은 물론 방음 시설이 된 음악실, 학습 준비실 등 아이들을 위한 공간도 깔끔했다. 학교를 둘러보며 그 속에 머물 아이들의 행복한 모습을 그려 봤다. 개교를 위해 애쓴 사람들의 손길이 느껴졌다. 출근하지 않아도 간간이 학교 소식을 들었다.

학교는 시끄러웠다. 좋은 일보다 마음이 쓰이는 소식이 더 많았다.

교권 침해, 교권 추락, 새삼스럽지도 않은 말이다. 자유로운 영혼의 아이들, 학부모의 높은 관심에 사소한 일에도 민원이 넘쳤다. 관리자와 교사의 다른 눈높이, 관계와 소통의 어려움도 있었다. 교사, 학부모, 아이들. 어느 한쪽이 원인은 아닐 것이다. 전문적 학습 공동체를 만들어 교사와 학부모를 위한 프로그램을 진행하며 소통을 위해 애쓰고 있었다. 그러나 내 아이만을 위한 이기심에서 비롯된 교권 침해는 심각하다. '나는 괜찮아!'라고 할 수 있는 사람이 얼마나 될까? 나 역시 수고와 노력에 상관없이 상처를 주는 사람이 될 수 있다.

가까이에서 일어나는 교권 침해 사례를 보면 학교는 행복한 곳이 아니었다. 그동안 학교와 사회에서도 행복에 대한 교육을 받은 적이 없었다. 복직 후 2년 동안 서울대 행복연구센터에서 교사 행복 연수로 기본, 심화, 행복대학 과정 연수를 받았다. 연수 과정마다 존중받는 느낌, 정성을 다하는 강의에 마음이 치유되는 것 같았다. '교사가 행복해야 학생이 행복하다.'는 의미를 교실 현장에 적용하려고 노력했다. 행복 교육을 받고 교실에서 아이들에게 많이 사용했던 말은 '행복'이란 단어다. 학교 현장에 돌아가 교사 연수도 하면서 반 아이들에게 프로그램을 적용했다.

우리 반에는 욕설, 놀리기, 때리기 등 수업을 방해하는 아이들이 몇 명 있었다. 학교 다니기 힘들다는 아이들이 생기고 즐거운 학급 분위기 조성에 어려움이 있었다. 행복대학 연수에서 배운 행복 수업을 했다. 자존감 키우기, 행복이란 감사, 몰입, 사과하기 등 다양한 활동을 하며 아이들의 행동이 변화하기를 바랐다. 변화는 쉽지 않았다. 생명존중, 인권, 학교폭력예방교육 등 지속적인 인성 교육에도 공감이 어려운 아이들이 있었다. 아이들 사이에 부정 정서가 형성되거나 파급되지 않아야 한다는 생각을 늘 했다.

아이들을 위해 회복적 지원 프로그램을 신청하여 전문가의 도움을 받기로 했다. 활동을 왜 하는지 학부모와 아이들에게 안내했다. 상대방을 향한 괴롭힘, 놀림, 폭력은 서로에게 상처와 피해가 된다는 것을 깨닫고 사과한다. 함께 참여하는 수업, 배움을 나누는 수업의 중요성을 알고 방해하지 않는다. 공동체 생활에서 질서와 배려의 중요성, 필요성을 익히면서 친구나 선생님과 서로 소통한다는 것 등이 주요 내용이었다. 지원 프로그램 덕분에 학급 분위기는 다소 좋아졌다.

10월 어느 날, 수업 중에 눈앞이 흐려지고 가슴이 답답했다. 나는 교실에서 정신을 잃고 쓰러졌다. 회복적 지원 프로그램을 진행하던 상담 선생님이 말했다. 혼자 너무 애쓰지 않아도 된다. 최선을 다한 나에게 쉼이 우선이라며, 몸과 마음을 챙기라고 조언했다. 암 치료를 받은 지 5년이 지나지 않았기에 몸의 신호를 무시할 수 없었다. 결국 병가 중에 명예퇴직 신청을 했다.

마지막 출근을 하던 날, 아이들에게 줄 선물과 편지를 준비했다. 한 아이가 선물을 집어던졌다. "선생님, 선물 안 주셔도 돼요. 이런 거 하지 말고 차라리 '일기 써라, 독후감 써라, 숙제해라' 같은 말을 해 주세요. 학교 그만두시면 안 돼요!" 몇 명 아이들이 교탁 앞으로 몰려왔다. 책상 위 이면지, 주변에 떨어진 작은 색종이 조각에까지 편지를 써서 힘없이 놓았다. 집에 안 가겠다며 복도에서 서성거렸다. 엄마에게 전화해서 "엄마, 우리 선생님 학교 그만두신대요. 선생님 학교 나오시게 엄마가 어떻게 좀 해 봐요. 제발요." 아이들은 울먹였다. 나는 최선을 다했노라고 나를 위로할 수만은 없었다. "친구들이랑 싸우지 않을게요." 아이들이 너도나도 다짐을 늘어놓으며 훌쩍인다. 우리 반 아이들이 울면서 내 손목을 잡던 모습이 눈에 선하다. 아이들을 달래 겨우 집으로 보내고, 교실로 돌아와 숨죽여 울었다. 마지막 출근 일에도 늦게까지 학교에 남아 있었다. 초등 담임 교사는 반 아이들에게 부모와 같은 존재다. 나는 아이들 곁에 끝까지 있어 주지 못했다. '나의 빈자리가 아이들에게 상처가 되지 않았을까……'

학교를 나왔지만 교육 여건을 개선하기 위해 함께하려고 한다. 최근에 일어난 신규 교사의 사망 사건은 정상적인 교육 활동이 어려울 만큼 뜨거운 감자가 되고 있다. 우리 아이들이 살아갈 사회는 지금보다 나아져야 한다. 사회적 문제를 개인의 노력으로 바꾸기 어려우나 관심이 필요하다. 이를 외면하는 것은 현실을 외면하는 일이다. 상처와 아픔에 공감하며 해결 방안을 찾는 설문 조사에 기꺼이 참여했다.

작년 여름, 숲해설가 동기를 유명산 계곡에서 만났다. 예전에 만났을 때보다 얼굴이 작아 보였다. 살이 빠져 예뻐 보인다는 말에도 표정이 별로 없었다. 건강이 나빠져 일을 그만두고 쉬고 있었다. 갱년기 증세에 갑상선유두암 수술까지 하며 힘든 시간을 보내고 있었다. "쉬어도 피곤하고 사람 만나기도 힘들어 모임에도 어렵게 나왔어요."라고 했다. 계곡에서 시간을 보내다가 건강 잘 챙기라 인사하며 헤어졌다.

지난 5월, 그 동기의 전화를 받았다. 소식이 궁금했으나 먼저 연락을 못 해 미안했다. 요즘도 숲 활동을 나가냐 물었다. 만나고 싶다며 우리 동네로 오겠다고 한다. 고기리 계곡에 있는 카페에서 만났다. 광교산 배경의 카페는 가만히 바라만 봐도 부드러운 색감에 마음이 편안했다. 그녀도 그러기를 바랐다. 아침 시간이지만 실내에는 빈자리가 없었다. 파라솔 아래 야외 좌석에 자리를 잡았다. 계곡물 소리도 들렸다. 분위기 좋다고 소문날 만하다. 오랜만에 아침 시간 나들이, 브런치를 먹으며 이야기를 나눴다.

집에서 쉬면 나아질 줄 알았는데, 갱년기 증세가 우울증으로 진행돼 더 힘들었다고 한다. 바깥 공기 쐬면 괜찮아질 거라 했지만 현관까지가 천 리였단다. 신발 신기도 귀찮아 집에만 틀어박혀 있었다고 했다. 뭘 해야겠다는 의욕도 없고, 밥도 먹기 싫어 몸무게가 6킬로그램이나 빠진 상태였다. 기력도 떨어져 이러다 죽을 수도 있겠구나 싶어 정신을 차려야겠다는 생각이 들었단다. 그 와중에 나를 만나고 싶다며 연락을 한 것이었다.

나는 숲해설가 동기생 중 협회 활동이나 봉사 활동에 부지런히 참여하는 편이다. 조용한 톡방, 동기생들의 소식에 응원의 글을 보낸다. 모이면 분위기를 즐겁게 만든다. 그런 내게 마음이 열렸다며 먼저 다가왔다. 이야기를 나누니 밝은 기운이 돈는다고.

자리에서 일어나 개울가로 갔다. 손을 뻗으면 닿을 만한 곳에 같은 나무가 여러 그루 보였다. 나뭇가지 하나를 잡고 관찰한다. 5~7개 잎 중 가지 끝에 달린 잎이 제일 크다. 가지를 꺾어 물에 담그면 푸른색을 띤다고 알려 주니 가지를 당긴다. 집에 가서 해 봐야겠다며 묵은 가지를 툭 꺾는다. 흥미를 잃었다던 나무 공부도 다시 해야겠단다. 서로 조용히 바라보며 어깨를 토닥여 주었다.

살면서 마음의 건강을 잃을 때가 있다. 내 안의 두려움을 이기고 용기를 낼 수 있게 한 건 무엇일까? 좋은 기억은 자신을 가둔 시간을 박차고 나올 수 있는 계기가 될 수 있다. 내가 함께했던 시간이 단 한 사람에게라도 기쁨을 줄 수 있다면 고마운 일이다. 다른 사람의 기쁨은 나에게도 기쁨이다. 상처와 기쁨의 기억은 내가 살아온 흔적이다. 어느 하나만 있는 삶은 없다. 오르막이 있으면 내리막이 있을 터다. 며칠 전 읽었던 책 제목처럼 『모든 삶은 흐른다』. 그렇다. 삶은 흘러간다. 상처와 기쁨은 세월과 함께 흐르면서 더 나아지기 위한 삶의 디딤돌이 된다.

3-2

기쁨을 주는 게 이득

권시원

22년 차 직장인. 다니는 회사가 다른 곳에 합병됐다가 다시 분사하기도 했다. 하지만 소속이 바뀌었을 뿐, 같은 회사를 계속 다니고 있다. 이대로 퇴직할 때까지 쭉 다닐 생각이다. 내년이면 만 50세인데 어떻게 이직을 하겠는가.

회사를 다니는 동안 부서를 열세 번 옮겼다. 부서가 바뀌었지만 하던 업무를 가지고 옮기기도 했고, 아예 새로운 업무를 맡기도 했다. 부서는 그대로인데 맡은 업무만 바뀐 경우도 있다. 다양한 업무를 경험했다. 맘에 드는 업무도 있었고, 하기 싫은 업무도 있었다. 새로운 사람들도 만났다. 나와 성향이 맞는 사람도 만났고, 전혀 다른 스타일의 사람도 만났다.

입사 초기, 사원과 대리 시절에는 내가 능력 있고 일도 잘한다고 생각했다. 한마디로 내가 잘난 줄 아는 건방진 사람이었다는 표현이 맞을 것 같다. 고집도 있는 편이라 동료들과 의견 충돌도 많았고, 상사의 지시가 맘에 안 들면 대놓고 불만을 표시하기도 했다. 업무 하다 스트레스받으면 주변에 티를 많이 냈고, 내가 기분이 안 좋아 보이면 주변 사람들은 내 눈치를 살폈다. 나를 꺼려하는 사람도 많았던 것 같다. 지금 생각해 보면 나의 그런 행동들이 주변 사람들에게는 상처가 되었을 거다. 그 순간에는 내 생각이 옳고, 내 기분이 중요했다. 다른 사람의 의견이나 생각은 신경 쓰지 않았다.

그래서였을까? 과장 승진에서 계속 미끄러졌다. 처음 한두 번은 그러려니 했는데, 승진 실패가 다섯 번쯤 되니 이대로 포기해야 할까 하는 생각도 들었다. 입사 동기들은 물론 후배들까지 줄줄이 승진하면서 자존감이 무너지기 시작했다. 매년 승진 시기가 다가오면 신경이 곤두섰다. 승진 발표일에는 대부분 회식 자리가 있었다. 승진한 사람이 한턱내는 자리에 참석하게 되면, 나에 대한 주변의 동정 어린 시선이 불편했다. 왜 내가 승진이 안 되는지 이유라도 알면 좋겠는데, 그걸 알 방법은 당연히 없었다. 승진 누락으로 떨어진 자존감을 주변 동료들이 많이 위로해 줬다. 친절하지도 않고 까칠하기만 한 나를 위로해 주고 격려해 준 동료들 덕분에, 나의 지난날을 많이 돌아볼 수 있었다.

2013년, 입사 후 12년 만에 드디어 과장으로 승진했다. 그동안 고생 많았다며 동료들이 축하해 줬다. 승진하고 마음이 편안해져서일까, 다른 사람을 대하는 나의 태도도 바뀌었다. 예전과 달라졌다는 말도 많이 들었다. 업무적인 스트레스로 힘들어도 티를 내지 않고 긍정적으로 생각하려 노력했다. 주변 동료들과의 관계도 점차 좋아졌다.

다른 사람은 신경 쓰지 않고 멋대로 행동할 때는 주변 사람들에게 상처를 많이 줬다. 그럼에도 내가 힘든 일을 겪을 때 주변에 나를 위로해 주는 사람이 있어 버틸 수 있었다. 인간관계의 소중함을 깨닫고 행동을 바꾸기 시작했지만, 과거에 했던 행동은 되돌릴 수 없기에 여전히 나를 좋지 않게 생각하는 사람도 있을 것이다. 타인에게 상처를 주었던 과거 내 모습에 대한 후회가 많다. 인정하고 받아들이려 노력하고 있다. 마음 같아서는 내게 상처받았다고 생각하는 사람들에게 일일이 사과하고 싶다. 이제부터라도 다른 사람의 마음을 이해하기 위해 노력해야겠다.

2020년 7월부터 자이언트 북 컨설팅 이은대 대표의 책 쓰기 강의를 듣기 시작했다. 한 달에 네 번 강의를 하는데, 매월 하는 강의 내용이 조금씩 다르게 업그레이드된다. 처음 가입할 때는 고가의 수강료를 냈는데, 평생 무료 재수강 조건이라서 3년째 강의를 듣고 있다. 그동안 수강료가 여러 번 인상되었다. 3년 전 글쓰기 수업을 듣기로 한 것은 탁월한 결정이었다. 그런데 아직 내가 쓰고 싶은 책의 주제를 정하지 못했다. 그래서 목차 신청을 못 했고, 매주 있는 강의만 챙겨 듣고 있다.

작년부터 코로나로 인한 제한이 완화되면서, 매달 자이언트 북 컨설팅 작가의 저자 사인회가 열린다. 저자 사인회에 빠지지 않고 참석했고, 뒤풀이에서 많은 작가를 만날 수 있어 좋았다. 저자 사인회에서는 내가 읽을 책과 선물할 책도 함께 사다 보니, 같은 책을 두 권 이상 구입했다. 책은 주변 사람들에게 선물했다. 자이언트 북 컨설팅에는 여성 작가들이 많아서, 책의 주제도 육아나 자녀 교육에 관한 내용이 많다. 자연스럽게 자녀가 있는 동료에게 선물한다. 받는 사람 모두 잘 읽겠다며 고맙다고 말한다.

2023년 1월, 팀장으로 승진하여 새 부서에서 새로운 직원들과 일하게 되었다. 내가 맡은 팀은 나 포함 총 5명으로 소규모 팀이다. 팀장이 되고 얼마 후 팀원들과 첫 회식 자리를 가졌다. 을지로에 있는 분위기 좋은 와인바를 예약했다. 팀원들과 함께 마실 와인도 구입했다. 첫 회식이다 보니 의미 있는 선물을 하고 싶었다. 고민하다가 그동안 저자 사인회에서 구입한 책을 직원들에게 선물하기로 했다. 와인을 마시기 시작하면 선물의 효과가 떨어질 수 있어, 그 전에 팀원들에게 책을 한 권씩 나눠 줬다. 아이가 있는 최 차장에게는 이승한 작가의 『아빠도 처음이라 그래』, 독서 모임에 참가하며 책 읽는 걸 좋아하는 이 과장에게는 이윤정 작가의 『평단지기 독서법』, 작년에 결혼해 아직 신혼인 김 과장에게는 김한송 작가의 『슈퍼우먼!! 아니어도 괜찮습니다』, 아직 미혼인 20대 김 계장에게는 자이언트 작가들의 공저 『뜻을 품은 사람이 길을 만든다』를 선물했다. 직원마다 개인 사정이 다르다 보니, 그동안 구입한 책을 신중하게 골라 선물한 것이었다. 책 제목만 봐도 각자의 상황에 맞춰져 있으니, 내가 팀원들에게 관심을 가지고 있다는 의미도 있었다. 그런 내 마음을 팀원들도 알아챘는지 반응이 좋았다. 선물한 보람이 있었다. 책 선물 덕분에 회식 분위기도 좋았다. 팀원들에게 맞춤 책을 선물한 것이 한동안 부서 내에서 화제였다. 팀원들이 주변에 너무 자랑하는 바람에 조금 민망하기도 했다. 앞으로 팀 회식 할 때 어떡하냐는 다른 팀장들의 원성도 들었다.

책을 선물하기 시작하면서 나누는 것에 대한 마음가짐도 달라졌다. 받은 사람이 기뻐하는 모습을 먼저 생각했다. 책을 선물하는 게 대단한 일도 아닌데 받은 사람이 기뻐해 주니 결과적으로 행복을 나눠 준 셈이 됐다. 선물한 나도 기쁘고 보람을 느낄 수 있어 좋았다. 좋은 결과를 가져다준다는 걸 깨달았으니, 계속 책을 선물해야 할 이유가 생겼다.

주변 사람에게 무언가를 주면 반드시 남는 게 있다. 상처를 주었다면 안 좋은 기억과 후회가 남듯이, 기쁨을 주었다면 좋은 기억과 보람이 남는다. 상처보다 기쁨을 줘야 할 이유는 명확하다. 기쁨을 주는 게 나에게 이득이기 때문이다. 무엇이 이득이고 손해인지 알면서도 손해 볼 짓을 한다면 바보다. 인생을 살아가는 데 도움 되는 또 하나의 법칙을 배워 기쁘다.

3-3

부메랑 그리고 선물

김미예

생지옥으로 다시 들어갔습니다. 기존에 하던 일을 하면서 대행사 콜센터를 하나 더 시작했습니다. 출퇴근해야 하고요, 빡셉니다. 돈을 더 벌어 보겠다는 욕심에 덤볐지요. 아! 실수했습니다. 집에서 프리랜서로 일할 때가 행복했습니다. 집안 꼴 엉망이고요, 퇴근 후 집에 오면 피곤해 쓰러집니다. 들어가는 돈 더 많고 힘은 힘대로 들었습니다. 내 일 하면서 글도 쓰고 일도 하고, 영업도 할 때는 나름 시간을 활용하면서 살았는데요, 직원 두고 일하려니 신경 쓸 일이 한두 가지가 아니었습니다. 실패 경험으로 이번에는 잘하고 싶었습니다. 시작했으니 멈출 수 없었습니다. 속이 시끄럽고 골치가 아픕니다. 교통비 안 들어가고 돈도 절약해 대출금도 갚고 좋아질 줄 알았는데, 생각지도 않은 문제들이 발생했습니다. 아이들은 방학을 했고, 나는 출근합니다. 일하는 직원들은 바라는 것이 많았습니다. 남편은 시골로 이사하자 합니다. 싹 다 버리고 멀리 떠나고 싶었습니다.

돈은 적게 벌었지만 여유롭게 아이들을 통제할 수 있었습니다. 글도 자유롭게 썼습니다. 출근하니 가까운 거리라도 아이들 밥을 해야 했고 집 안 정리도 해야 하고, 학원 등 관리도 만만찮았습니다. 회사는 회사대로 인수인계를 받지 못한 상태에서 시작하게 되었습니다. 그야말로 엉망진창이었습니다. 직원들 또한 기존의 회사에서 좋은 환경에 급여도 270만 원 정도 받고 일을 했었습니다. 급여를 맞춰 주는 입장에서 대표와 직원들 사이에서 터진 새우가 되어 버렸습니다. 아침 9시부터 6시까지 일합니다. 콜센터 업무 특성상 몰릴 때 한꺼번에 민원이 접수되다 보니 세 명으로는 역부족입니다. 놓치는 콜 수가 빈번했습니다. 아무리 경력자라 하더라도 새로운 회사로 옮기게 되면 일주일 정도는 교육도 받고 트레이닝도 해야 합니다. 이전 직원들의 갑작스러운 해고로 새로 입사한 직원들은 마루타가 되었습니다. 직원들은 4년 전처럼 불평불만이 쏟아져 나왔습니다. 나의 역량 부족이 직원들을 불편하게 하는 건 아닌지, 갈등이 생겼습니다. 아이들 통제, 직원 입맛, 안일한 회사의 태도에 속이 문드러지고 스트레스가 되었습니다. 치과 치료도 시작했습니다. 거기에 남편도 한몫 거듭니다. 불평과 잔소리가 어찌나 많던지요. 이건 뭐 싸우자 덤비는 격이었습니다.

"엄마! 집에서 일할 때가 좋지? 내가 뭐라 했어. 집에서 그냥 나랑 있으면서 일하는 게 좋다고 했잖아! 뭐야! 칫, 방학 됐는데 엄마랑 놀지도 못하고, 엄만 맨날 출근하고. 속상해! 집구석 잘 돌아간다."

셋째의 말에 순간 놀랐습니다. 뜨끔했습니다. 어디서 저런 말을 들었을까. 원인은 나였습니다. 출근하면서 스트레스 때문에 나도 모르게 불평불만을 애들한테 쏟아부었던 게 생각났습니다.

며칠 전에도 겨우 새벽녘에 잠이 들었는데 막내딸이 나를 흔들어 깨웠습니다. 가뜩이나 몸과 마음이 지쳐 있는데 나도 모르게 "야! 너 죽을래? 한번 맞아 볼래?" 하고 짜증을 냈습니다. 그것뿐이 아니었습니다. 어제는 퇴근하고 집에 왔는데, 집이 난장판이었습니다.

"집구석 잘 돌아간다. 치우지 않고 뭐 해! 밥만 먹고 나면 다야?"라고 괜스레 두 딸에게 화를 냈었습니다. 아이들을 탓할 일이 아니었습니다. 부정적이고 칼날 같은 엄마의 말에 아이들이 놀랐겠지요. 미안했습니다. 우습지요. 잘 키우고 싶고 잘 살고 싶었습니다. 사람인지라 하루에도 열두 번씩 마음이 이랬다저랬다 합니다. 공부하면 뭐 합니까, 아이들에게 상처가 되는 말을 하는데요. 이럴 때만 반성합니다. 돌아서면 또다시 아이들에게 좋지 않은 말로 윽박지르거나 심한 말을 합니다. 부메랑이 되어 내게로 돌아왔습니다. 마음이 아팠습니다. 회사에서는 광고주들에게 꽤 평판도 좋고 능력 있다 인정받지만, 아이들은 곪아 터지는 게 아닌지 고민스러울 때가 있습니다. 두 딸을 통해 나의 민낯을 봅니다. 부끄럽습니다. 내 마음 하나 통제하지 못하면서 무슨 리더의 자격을 갖추었다 할 수 있을까요?

남편의 말이 걸리네요. "그렇게 일해서 남는 게 뭐 있냐. 떨어져 사는 게, 이게 사는 거냐?" 갑자기 훅 들어오는 남편의 불평에 입을 다물지 못하고 아무 반박도 하지 못했습니다. 잠시 멈춰야 하나 생각했습니다. 바쁘다고 동동거리는 내 모습이 좋지 않았나 봅니다. 회사를 둘러봐도,

집안을 보아도 내 손길이 필요합니다. 머릿속이 무겁습니다. 생각이 많아졌습니다. 그러나 집도 회사도 포기할 수 없지요. 어떻게 해서든 질서를 잡아 나가야겠습니다.

잘하려고 마음만 급했습니다. 회사 대표와 직원들에게 옛날의 내가 아니다, 인정받고 싶었습니다. 남편에게 곁을 내어 줄 여력이 없었습니다. 눈 감고 딱 3개월만 집중하려 합니다.

집구석 별거 있게 만들려면 우선 필요한 게 있습니다. 첫째, 방학을 이용해 매일 한 가지씩 아이들과 정리를 하는 겁니다. 어수선하니 집 안 꼴이 엉망인 듯 보입니다. 바쁘고 피곤하다는 이유로 집 안을 정리하지 못했습니다. 아이들도 청소에 관심이 없는 게 어찌 보면 당연한 결과지요. 둘째, 아이들이 스스로 할 수 있도록 미션을 주어 방학 동안 한 행동에 대해 프로모션을 적용해 주는 겁니다. 예를 들면 지효가 설거지를 도와주었을 때 500원, 자기 책상을 치웠을 때 300원, 쓰레기를 제자리에 잘 버렸을 때는 아이스크림을 선물로 주는 겁니다. 아이들은 자신이 한 것에 대해 보상을 받으면 더 잘합니다. 셋째, 지유에게 책임을 주고 수학 문제집 두 장을 풀게 합니다. 둘이 함께 풀고 습관으로 만들면 지유에게는 특별 보너스로 일만 원권 도서 상품권, 지효에게도 언니 말을 잘 들었으니 도서 상품권 오천 원권을 지급해 주는 겁니다. 아이들에게도 기억에 남는 방학이 될 테니 일석이조의 효과가 있겠지요.

회사도 변화가 필요합니다. 기존의 콜센터 업무에 문제가 많았고, 광고주들의 계약 건, 회사 관리자 페이지도 허술한 부분이 발견되었습니다. 다행히 함께하는 직원이 제 몫을 잘해 주고 있습니다. 제대로 교육받지 못하고 투입이 되어 자신들도 불평과 불만이 있겠지만 일단은 3개월을 해 보기로 했습니다. 그들에게 나는 약속을 지킬 의무가 있습니다. 출퇴근 지옥에서 벗어날 수 있게 해 주었습니다. 집에서 20분 거리인 중화역에 사무실을 얻었고, 평가제가 아닌 서로 도우며 능력을 펼칠 수 있는 분위기로 만들었습니다. 마음 편안하게 일할 분위기를 만들어 줘야 합니다. 그러면 일하는 직원들은 광고주와의 상담에서도 최고의 결과로 이끌어 낼 수 있기 때문입니다.

새로운 일을 할 때, 진통을 겪을 수 있습니다. 이 진통이 헛되지 않게 하려 합니다. 3주가 지났습니다. 아이들도, 회사 직원도, 남편도 조금씩 양보하면서 제자리를 찾아가고 있습니다. 아이들에게도, 용기를 내어 준 직원들에게도 기분 좋게 일할 수 있도록 내가 조금만 더 힘을 내야겠습니다.

아이들에게 상처를 주었습니다. '빨리빨리'만 강조했시요. 들어 주지 않았습니다. 힘이 들었을 겁니다. 엄마에게 서운했겠지요. '예쁘다. 잘했다.' 말해 주면 될 것을 다그치기만 했습니다. 후회합니다. 그리고 반성했습니다. 지금은 남편에게도, 아이들에게도 좋은 말을 건네려 노력합니다. 회사 직원에게도 마찬가지입니다. 당근과 채찍을 동시에 줍니다. 불평불만이 아닌 '가까운 곳에서 일할 수 있어 고맙습니다. 자유를 줘서 행복합니다.' 이런 말을 하고 살아가면 좋겠습니다.

누군가에게 상처를 주었을 때는 더 큰 고난이 부메랑으로 돌아왔습니다. 반대로 별것 아니지만 내가 상대방을 웃게 만들고 도움을 주었을 때는 몇 배의 가치로 선물 받은 기분이었습니다. 설레는 일도 많아졌고요. 생활에 의욕도 넘쳤습니다. 아무 조건 없이 줬을 때 행복하고 에너지가 생긴다는 걸 잊지 말았으면 좋겠습니다.

3-4

관계에 대한 성찰

김지안

2013년 3월, 나는 소싱 MD 업무로는 능력을 인정받았다. 기획 MD 업무는 경험해 본 적이 없었기에 신규 브랜드 기획팀장으로는 부적합하다는 사내 의견이 지배적이었다. 후보자 몇몇이 중국 법인 신규 브랜드 기획팀장 자리를 포기했다. 덕분에 경험과 경력이 부족한 나에게 기회가 돌아왔다. 중국 상해 법인으로 가서 꿈에 그리던 기획 MD 업무를 할 수 있는 기회를 잡았다. 상해 푸동 공항에 내리자마자 공항에서 바로 상해 법인 사무실로 이동했다. 도착한 당일부터 상도 높은 업무가 시작되었다. 그렇게 일 년 넘게 기획 디렉터가 시키는 일을 지시에 따라 실행했다. 운이 좋아 신규 론칭 했던 브랜드가 의미 있는 성과를 보여 줬다. 팀원이라고는 현지 중국 조선족 직원 한 명이 있을 뿐이었다. 당시에 나는 중국어를 할 줄 몰랐다. 중국 발령 전에 중국어 기초 공부를 했을 뿐이다. 정작 중국 현지에 도착했을 때 나는 단순한 문장조차 알아듣지 못했다. 중국 현지에서 영어 소통이 가능한 곳은 쇼핑몰 정도였다. 매일 새벽 3시에서 4시가 되어서야 그날의 업무를 멈출 수 있었다. 새벽 시간에는 중국어로 택시 기사를 부를 수 없어서 사무실에서 이른 아침을 맞이하는 날이 비일비재했다. 칠흑 같은 밤길을 집까지 걸어간 적도 있다. 당시 상해는 개발 시기라서 가로등에 불도 켜지지 않았다.

신규 브랜드는 여간해서 성공하기 쉽지 않다. 운이 좋게도 처음 기획 일을 배우면서 잘되는 브랜드에서 일하게 되었다. 고생은 문제가 아니었다. 20년 가까이 꿈꿔 오던 브랜드 론칭을 내 손으로 해 보고, 중국 대륙에서 성공 가능성을 보여 주는 모습까지 볼 수 있었으니 바랄 게 없었다. 중국 여성복 패션계가 주목하는, 일명 뜨는 브랜드가 되었다. 재미있다는 표현으로는 부족할 정도로 신이 나서 일했다. 그런 팀에 내가 함께한다는 사실만으로도 행복했다. 팀원의 숫자도 늘어났고 업무량도 늘었다. 관리해야 할 영역은 점점 더 확장되었다. 그런데 회사 방침으로 론칭 1년 만에 기획 디렉터가 바뀌게 되었다. 나에게 지침을 줄 기획 디렉터가 사라져 버렸다. 불안하고 두려웠다. 처음 업계 일을 시작할 때, 도움받을 수 있는 사람이 없어서 무서웠던 기억이 다시 떠올랐다. 지난 시간을 되짚어 보았다. 초기 사업 시작을 하거나 처음 개발하는 부서에 투입돼 일했던 기억을 되살려 냈다. 길이 없는데 길을 찾아가야 하는 현실을 받아들이기로 했다. 듣기 좋은 말로 '길을 내는 사람'이라고 스스로 포장하고 두려움을 진정시켰다.

2015년 FW 상품 기획서 완성을 2주 뒤까지 해야만 했다. 디자인팀에 기획서를 전달해야만 디자인팀이 기획 방향을 잡고 상품 준비를 할 수 있다고 생각했다. 팀원들과 기획서를 만드는 기간에는 매일 밤을 새워 가며 일했다. 현지 시장 조사, 분석, 가격 조사, 브랜드 동향, 글로벌과 로컬 트렌드 조사, 이전 시즌 판매 실적 리뷰 등 업무의 양이 많았다. 배운 대로 혹은 배운 것 이상을 찾아 확장해서 일했다. 직원들이 지치고 있다는 걸 알면서도 외면했다. 오죽했으면 별명이 '일.만.해'였겠는가.

론칭 3년 차에 네 번째 시즌을 지나면서 매출 하락 신호가 나타났다. 영업 디렉터는 시장에 반응 있는 상품을 빨리 공급해서 매출 회복 방안을 찾으라고 기획팀장이던 나에게 지시했다. 소싱 MD 출신이라서 기획을 못해 브랜드 매출이 떨어진다는 말을 듣고 싶지 않았다. 나는 나의 첫 직장이었던 남대문, 동대문 시장 디자이너 시절의 경험을 적용하기로 했다. 시장에 반응이 있는 제품을 빠르게 생산해서 시장에 내놓는 길을 선택했다. 소싱 경력이 있었던 나에게 임가공 생산은 문제가 되지 않았다. 매출이 다시 상승했다. 나에게는 이 일이 고난의 서막이었다.

매출 증가를 위한 노력은 문제가 없어 보였다. 문제는 타 부서와의 갈등이었다. 업무 진행 과정에 협업이 없었기 때문이었다. 상대 부서에 상의가 부족했던 탓이다. 결국은 기획팀장이던 나와 손절을 요구하는 지경에까지 이르렀다. 상대 부서와의 신뢰를 만들기는 어려웠지만, 깨지기는 한순간이었다. 껍질이 깨져 버린 달걀은 퍼져 버린다. 스스로 알을 깨고 나왔다면 병아리가 되어 성장 과정을 거칠 수 있다. 하지만 외부에 의해 뭉개져 버린 나는 조직 내에서 성장할 수 없었다. 감정이 흔들리면서 집중력을 잃었다. 사회는 결과로 평가받는다. 좋은 결과를 얻기 위해서는 조직에서 가장 중요한 것이 서로 신뢰를 유지하면서 상호 작용과 협업을 계속 끌어내는 것이다. 상대가 마음을 다친 뒤로 나는 협업하기가 점점 더 어려워지기만 했다. 협상하고 설득하려는 노력을 하지 않았다. 찢어진 상처를 치료하지 않으면 덧난다. 상처는 곪아 썩어 버리지 않던가. 뒤늦게라도 상황을 설명하고 설득하는 노력을 적극적으로 했다면 어땠을까. 내가 받은 상처는 크든 작든 고깝게 기억하면서 다른 사람에게 준 상처에 대해서는 기억조차 하지 못하는 나를 발견했다. 내 새끼손가락에 박힌 가시는 아픈 줄 알면서 남의 팔 부러진 건 안중에도 없는 격이었다.

2021년 3월, 코로나 시기에 무료 독서 모임을 시작했다. 독서 모임 이름은 '닥.책.모'로 정했다. '닥치고 책 읽기 모임'의 줄임말이었다. 더 나아가 닥치고 책 읽기, 글쓰기, 책 쓰기 모임으로 성장시킬 꿈을 꾸었다. 코로나로 집 밖을 나갈 수 없는 시기에 독서 모임은 독서 환경을 만들기에 최적이었다. 책 읽기에 진심이었던 나는 한 줄 읽기가 어렵다는 인친(인스타그램 친구)들의 말을 듣게 되었다. 독서 초기에 읽기가 어려워 힘들었던 경험이 떠올랐다. 비슷한 어려움을 겪었던 나는 엄마와 리딩메이트가 되었다. 엄마와 함께 독서를 시작한 지 5년쯤 됐었던 시점이었다. 책을 혼자 읽기보다 누군가와 함께 읽으면 좋은 효과를 볼 수 있다는 걸 경험으로 알고 있었다.

같은 책을 열 명이 함께 읽고 나면 각자가 느낀 인사이트와 통찰을 나눌 수 있다. 책은 한 권 읽었을 뿐인데 열 권을 읽은 듯한 경험을 하게 된다. 책을 읽는 방법은 여러 가지다. 독서 방법이 다양하므로 옳고 그른 것은 없다. 고른 책이 나에게 필요한 책인지, 내 성향과 맞는지, 목적에 부합하는지 등 고려해 보는 것이 좋다. 나의 인스타그램 팔로워로 연결되어 만난 35명 남짓 되는 독서 모임 참여자의 거주 국가는 미국, 캐나다, 호주, 일본, 스페인, 영국, 한국, 베트남 등이었다. 국가와 도시가 다른 지구촌 곳곳에 살고 있었다. 함께 모여 1년 가까이 책을 읽었다. 책 읽기가 어렵다는 분들을 위해서 줌을 켜 놓고 매일 밤 두 시간씩 닥치고 읽었다. 정해진 시간에 같이 읽었다. 6개월쯤 책을 읽으면서 회원들의 독서 끈기가 눈에 보일 정도로 향상되었다. 책을 읽는 물리적인 시간뿐만 아니라 서평 쓰는 실력도 일취월장했다. 한 달에 두 권 이상 책을 읽는 회원의 숫자도 점점 늘어났다. 완독 후에 줌으로 모여서 읽은 책에 대한 본인의 인사이트를 발표하는 시간이 있었다. 분위기는 진지했다. 서로가 응원과 격려를 아끼지 않았다. 한국을 떠난 지 수년 이상 된 회원들에게 한국어로 생각과 공감을 나눌 수 있는 더할 나위 없이 좋은 공간이었다. 점점 코로나 봉쇄가 풀릴 조짐이 보였다. 드디어 2022년 1월, 코로나 봉쇄가 전 세계 이곳저곳에서 풀렸다.

독서 모임을 운영하면서 회원들의 독서 습관 만들기를 도왔다. 책을 통해 성찰하는 힘을 길러가는 회원들의 모습을 보면서 나도 누군가에게 도움을 줄 수 있다는 확신이 생겼다. 내가 해결해야 할 인생의 문제를 발견할 수 있었던 방법, 어떻게 인생을 살아야 할지에 대한 태도를 깨우쳐 준 독서의 긍정적 영향을 '닥.책.모' 회원들과 나누면서 나도 행복했다. 함께 책을 읽고 성찰하는 시간, 자신을 찾아가는 모습을 보면서 나눔의 기쁨을 경험했다.

남을 기쁘게 하고 그 자체를 기뻐할 수 있는 사람은 행복하다고 괴테는 말했다. '성장'이라는 멋진 이름표를 나에게도 붙여 주었다.

3-5

쳇바퀴에 걸린 모든 일상은 아름답다

김한송

25년 차 유아 교육자. 나를 대변해 주는 한 줄 소개다. 가르치는 일을 해 온 나의 역사다. 아이들의 발달 과정을 공부하면서 가장 근본이 되는 교육은 유아교육이라는 자부심을 가질 수 있었다. 밑거름을 충분히 주면 모진 바람과 풍파에도 꿋꿋이 자랄 수 있다는 뿌듯함이 있었다. 유년 시절의 자신감 없고 주눅 든 내 모습을 떠올리며 소심하고 여린 아이들이 달라질 수 있음을 믿고 가르쳤다. 아이들은 맑고 순수하다. 가끔은 영악하게 느껴질 때도 있지만 마음을 읽어 주면 금세 내 편이 된다. 아이들에게 애교를 부리면 깔깔대고 웃는다. 그리고 우린 친구가 된다. 아이와 눈높이를 맞출 줄 알면 충분히 좋은 교사라고 생각했다. 하지만, 그게 다가 아니었다. 우리 사이에 어른들이 개입되면 피곤해졌다. 원장이 되고부터 아이들보다는 교사와 학부모와 지내는 시간이 많아졌다. 아이들이 말을 듣지 않는다고 투덜댔던 그 시간이 얼마나 행복한 시간이었는지 알 수 있었다. 정신적으로 힘들다는 말을 그제야 이해했다.

"언제라도 누구에게라도 삶의 균형을 무너뜨리는 일이 일어날 수 있는 게 인생이다."

- 바바라 포어자머, 『나의 아프고 아름다운 코끼리』 中

나를 위로해 줬던 문장이다. 누구라도 무너질 수 있고 예상치 못한 일을 겪는 과정이 인생이라고. 그러니 괜찮다고 말해 주는 듯했다. 한 직장에서 22년을 근무했다. 30년 이상 한길을 걸어가는 수많은 직장인에 비하면 그리 대단하지 않은 경력일 수 있겠지만 오롯이 걸어온 나의 시간이다. 때론 거친 파도처럼 역동적이고, 때론 부드러운 모래 가루처럼 잔잔한 일상이 얽혀 반복되었다. 마치 롤러코스터를 타듯 긴장과 불안을 마주하고 나면 정신을 쏙 빼놓아야 했다. 하지만, 아이들을 보면서 마음껏 웃고 김밥 한 줄에도 행복한 낙원에 온 듯 평온한 시간이었다.

원장이 된 지 10년 즈음 되었을 때, 여러 교육을 접하고 인생의 주인으로 사는 마음가짐에 대해 계속 떠올렸다. 꿈을 가지게 된 후부터다. 직장 생활이 지겨웠다기보다는 늘 돌리는 쳇바퀴의 일상을 좀 더 나를 위한 시간으로 만들고 싶었다. 계속해서 가슴속에서 들려오는 말은 "박수 칠 때 떠나라!"였다. 하지만 하나하나 정성껏 만들어 놓은 멋진 성을 내 발로 떠나고 싶지는 않았다. 아니, 솔직히 말하자면 용기가 없었다. 계속 고민하고 갈등했지만, 손에 잡히지 않는 꿈 하나만으로는 사직서를 낼 배짱이 없었다. 그때 과감히 용기를 내었다면 내 인생에 쓰디쓴 상처는 없었을지도 모르겠다. 구조 조정에 의한 해고 통보를 받고서야 떠나게 되었으니 말이다.

1년 후, 유치원에서 다시 아이들을 만났다. 아이들은 여전히 내게 조건 없이 다가왔다. 역동적으로 살아 움직이는 아이들은 역시나 내게 에너지를 주었다. 점차 아이들이 줄어 가고 있는 상황에서도 규모가 큰 유치원은 건재했다. 그렇게 탄탄한 곳에 다시 둥지를 틀 수 있음에 감사한 시간이었다. 반면, 그동안 교육자로만 살아온 방식이 우물 안 개구리였다는 점을 인정할 수밖에 없는 씁쓸한 시간이기도 했다. 당연함으로 받아들였다. 전혀 다른 조직에서 운영의 기본 구조를 익히는 일은 어려웠지만 나름 신선했다. 22년간 다양한 사람을 만났다고 생각했다. 아니었다. 사람의 본성은 원래 그런 것일까? 이해와 배려는 당연하면서도 미처 못 해낸 일은 여지없이 능력의 문제로 연결되었다. 인간관계에 대한 노하우가 제법 있다고 자부했는데, 어리석은 생각이었다. 모든 것을 새로 시작해야 했다. CCTV에 관련된 작고 사소한 사건은 물론이고 그냥 이해하고 넘어갈 일들 앞에서도 바르르 떨며 항의하는 상식 밖의 학부모도 만났다. 당연히 갖춰야 할 기본을 지키지 않고도 무엇이 올바른 태도인지 모른 채 큰소리로 따지는 교사도 마주했다. 꼭 새로운 조직이라서가 아니었다. 그만큼 사람이 많다 보니 경우의 수가 더 늘어난 것뿐이었다. 그동안은 마냥 교육에만 신경을 썼던 리더였다면 더 크게 볼 줄 아는 운영자가 되어야 했다. 관리자로서 핵심 역량이 무엇인가에 따라 나의 교육 철학도 지킬 수 있는 법이니까.

몸과 마음은 연결되었다고 했던가. 완벽주의 성향이었던 나의 체력은 점점 고갈되어 갔다. 역량 밖의 일을 해내려고 발버둥을 치니 정신적으로도 한계에 다다랐다. 결국, 병원 신세를 졌다. 급성으로 발병된 담낭과 맹장을 떼어 냈다. 몸이 망가지고 나서야 나의 한계를 인정했다. 인생에서 무엇이 중요할까. 나를

있는 그대로 바라볼 시간이 필요했다. 나로서 산다는 것에 대해 던지는 질문은 '진짜 나'를 찾아야 한다는 간절함으로 이어졌다. 나의 존엄과 가치를 지키기 위해서…….

모든 것을 멈추었을 때 애쓰고 수고했던 나를 위해 읽었던 책이 있다. 독일 최고의 심리학자가 건네는 위로의 이야기 『너는 나에게 상처를 줄 수 없다』였다. 펴는 곳곳마다 나 자신을 찾을 수 있도록 가이드 역할을 해 주었다. 온전히 내 편이 되어 주는 듯했다. 그중 한 문장이 내 가슴에 파고들었다. "더 이상 다른 사람에게 기쁨과 슬픔을 의존하지 말자. 나의 능력을 판단하는 데는 다른 누구보다 나 자신이 가장 믿음직한 심판이다."

글이 갖는 힘이었을까? 상처받고 주저앉아 있을 때 저 글은 다시 회복할 수 있게 해 주었다. 그 어떤 치료제보다 효과가 뛰어났다. 심리학은 위로도 건네지만 냉철하게 현실을 파악하는 눈도 갖게 해 주기 때문인 듯하다. 나의 강점이 무엇인지, 나로서 살고 싶은 욕구를 어떻게

찾아야 하는지 해답을 찾았다.

글쓰기를 만났다. 글공부를 제대로 하고 싶었던 마음도 있었지만, 운명처럼 자연스럽게 쓰는 삶을 살고 있다. 글을 쓰면서 나의 마음을 들여다볼 수 있었다. 내 마음을 돌보기 시작하니 다른 사람이 내게 던진 뾰족한 말이나 행동도 조금 더 객관적으로 바라볼 수 있게 되었다. 세상과 나를 연결하는 글쓰기 덕분에 새로운 '시작'을 시작할 수 있었다.

상처라고 생각했던 모든 순간은 나를 찾아가는 과정이었다. 삶의 균형이 송두리째 무너졌던 일상도 나답게 살아갈 힘을 얻은 지금도 모두 내가 살아 낸 흔적이다. 상처와 기쁨이 공생한다는 의미를 이제는 알 듯하다. 직장과 집을 오가며 열심히 살아왔던 쳇바퀴의 일상이 있었기에 새로운 쳇바퀴를 만들어 낼 수 있었다. 안락하고 편안한 시간만 있었다면 '새로운 나'를 만날 수 있었을까?

우리의 삶을 흔히 바다에 비유하곤 한다. 휘몰아치는 폭풍에 휩쓸려 헤매기도 하고, 다시 깃발을 꽂고 항해를 시작하는 과정이 인생과 닮아 있기 때문일 것이다. 서핑을 잘 타려면 몸에 힘을 빼고 파도의 흐름에 그냥 맡겨 보라 하지 않던가. 요동치는 파도처럼 내 안의 출렁이는 상처 때문에 억울하고 아플 때가 많았다. 하지만 돌아보면 상처라고 생각했던 순간도 행복으로 가기 위한 과정이었음을 이제는 알 것 같다. 흩어진 상처의 조각들은 결국, 기쁨을 채워 가는 퍼즐이었음을 깨닫는 중이다. 나는 오늘도 나만의 쳇바퀴를 돌린다.

3-6

터널 끝, 빛이 보이는 순간

송진설

사람에 울고 사람에 웃습니다.

“선 넘었습니다!” 이 말을 하지 못했어요. “지금 저에게 상처 주는 말을 하고 있습니다.” 이런 말도 하지 못했어요. 마음속으로만 끙끙대곤 했지요. 상처를 받으면 숨고 싶었습니다. 더 이상 아프고 싶지 않았거든요. 숨고 보니 동굴이 아닌 터널 속으로 숨어 들어간 것입니다. 구석으로 들어갈수록 어느새 밖으로 나오는 길을 찾고 있었지요. 진심으로 혼자이고 싶지는 않았나 봐요. 사람 사는 세상은 그런 것 같습니다. 관계 속에서 상처받고, 혼자이고 싶지만 또 사람에게 아픈 마음을 위로받고 싶어집니다.

사연 없는 사람 있겠습니까. 누구나 마음 깊은 곳을 들여다보면 상처투성이겠지요. 딱지가 떨어지기도 전에 또 상처받은 사람이 얼마나 많겠어요. 아픈 마음을 안고 사는 일은 녹록지 않습니다. 내색하지 않으려고 하니 더욱 힘이 들어요.

배짱 두둑한 사람이 되고 싶습니다. 세상을 향해 거만한 표정을 지으며 그까짓 상처! 아무렇지도 않다고 말할 수 있길 바랍니다. 상처에 연고를 바르듯 제 마음에 생긴 아픔의 치료 약은 그림책입니다. 그날의 마음에 따라 처방을 달리하지요. 강무홍 글 작가와 조원희 그림 작가의 그림책입니다. 제목은 『까불지 마!』이지요. 제 마음에 훅 하고 들어오는 제목이었어요. 놀림을 당하고 울며 들어온 아이에게 엄마가 분통을 터뜨리며 말합니다. "네가 하도 바보같이 구니까, 다들 널 우습게 보고 못살게 굴잖아." 이렇게 말한 엄마는 우락부락한 표정으로 아이에게 알려줍니다. 무서운 표정으로 눈을 치켜뜨고는 "까불지 마!"라고 말하라고 합니다. 마법과도 같은 주문입니다. 두려울 게 없다는 듯 용기가 생기는 특별한 말이에요. 상대가 누구든 괜히 겁먹지 않게 됩니다.

초등학교 3학년 때 일입니다. 새로 전학 간 학교에서 있었던 일이지요. 쑥스러움이 많은 데다 낯선 환경에 더욱 움츠러들었어요. 쉬는 시간이든 점심시간이든 내 자리에 조용히 있었지요. 앞자리에 앉은 남자아이가 휙 뒤돌아보았어요. 수업이 시작되자 아무 말 없이 연필과 지우개를 가져가서는 돌려주지 않더라고요. 쉬는 시간이 되니 툭툭 치고는 도망갔답니다. "메롱~ 메롱." 하며 놀려 댔지요. 참기가 힘들었어요. 하지 말라는 말을 하고 싶었지만 나오지 않더라고요. 용기가 불쑥 생겨서 그만하라고 소리치고 싶었습니다. 입가에만 맴돌던 말을 내뱉지 못한 채 삼켜야 했어요. 마음속에서는 화가 쌓이고 있었습니다. 그때

『까불지 마!』 그림책을 보았다면 두 눈 부릅뜨고 인상을 팍! 쓰며 "까불지 말라고!"라고 소리 한번 질렀을 텐데 말이죠.

어른이 되고서야 만났지만 이 그림책은 빛과 같아요. 나에게 용기를 줍니다. 하고 싶은 말을 할 수 있게 도와주어요. 꾹꾹 참고만 있던 나를 할 말 하는 사람으로 만들어 주었습니다.

사람과의 관계에서 상처를 받으면 주눅이 듭니다. 당당히 내 안의 목소리를 내고 싶지만 잘되지 않아요. 작은 용기조차 내지 못하는 나 자신이 한심하게 느껴집니다. 그럴 때면 마음속 주문이 필요해요. 무엇이라도 좋아요. 그림책 속 이야기처럼 자신감이 생기는 말이라면 꼭 기억해 두어야 합니다. 그 말만 있다면 두려움이 줄어듭니다. 자존감을 지킬 수 있어야 해요. 그래야 자신을 보호할 수 있답니다. 자존감! 나 자신은 소중한 존재라는 것을 알 때 생기는 마음입니다.

사람들의 말에 휘둘렸던 적 많습니다. 정신을 차릴 수 없을 만큼 마음이 휘청거렸어요. 도대체 나에게 왜 그렇게 심한 말을 하는 걸까. 마음이 아팠습니다. 그런데 어느 순간부터 나는 그런 말을 들어도 되는 존재로 여겨졌어요. 자존감이 바닥으로 곤두박질친 거죠. 그 당시에는 알지 못했어요. 그저 내가 못난 사람이라 그런 일을 겪는다고만 생각했지요. 끊임없이 자책했어요.

한심한 놈! 바보 같아! 너는 그것밖에 안 되니까 그런 소리를 듣는 거지!

나 스스로에게 던졌던 말이에요. 자신에게 쏟아 내는 질책의 말들은 질퍽거립니다. 진흙덩이죠. 점점 더 깊이 빠져들어 갑니다. 빠져나오기가 너무나 힘들어요. 그럴 때 나에게 필요한 것은 『까불지 마!』와 같은 그림책입니다. 읽는 순간 정신이 번쩍 들지요.

그림책은 누군가의 말보다 강력한 힘이 있어요. 등짝을 후려 맞은 기분이 듭니다. 그림책 속 엄마가 주인공 아이에게 하는 말이 나에게 하는 말로 들립니다. 시뻘겋게 달아오른 표정으로 가슴을 쿵쾅! 치고 오두방정 떨며 콧김을 쉭쉭! 내뿜으며 하는 말이 나 들으라고 하는 말로 여겨집니다. 눈물 닦고, 입 꾹 다물고, 마음을 가다듬은 후에 눈을 크게 뜨고 소리치고 싶어집니다.

홀로 숨고 싶어졌을 때에는 세상이 끝난 줄 알았습니다. 앞이 꽉 막혀 더 나아가지 못하리라 여겨졌어요. 춥고 어두운 곳에서 홀로 쓸쓸히 눈물을 닦다 지쳐 쓰러져 잠들 거라 생각했습니다. 혼자 있는 시간 동안 알게 된 것이 있습니다. 나는 그리 약한 사람이 아니라는 것을요. 물러 터져 무얼 하겠느냐며 스스로를 다그쳤었는데, 마음이 많이 단단해져 있었습니다. 그림책 덕분입니다. 그림책을 보며 내 존재가 얼마나 소중한지 배웠거든요. 누군가 나를 평가하고 비판하더라도 그건 그 사람의 생각일 뿐. 휘둘리지 않고 나를 지켜 줄 사람은 나 자신이라는 것을 깨달았습니다. 혼자만의 시간이 필요합니다. 자신을 충분히 보듬어야 해요. 이제 일어서서 천천히 걸어야 합니다. 두려워하는 시간이 길어지면 터널의 길이도 길어집니다. 빛을 보고 싶다면 터널의 끝을 만나야 해요. 용기가 필요합니다.

빛이 조금씩 보이시나요? 곧 터널의 끝이 보일 거예요. 더 이상 스스로를 우습게 보지 마세요. 끝까지 걸어갈 힘이 있답니다. 나를 못살게 구는 것들과 당당히 맞서야 합니다. 먼저 스스로 인정해야 해요. 가슴 내리치며 보낸 시간만큼 단련되어 있다고요. 나에게 파이팅을 외치며 응원해 주어요. 우리는 모두 소중한 존재입니다.

또한 생각합니다. 나로 인해 상처받고 터널 속으로 들어간 사람은 없는지요. 그 사람이 터널의 끝에서 환한 미소 지을 수 있기를 마음을 다해 빕니다.

3-7

내가 준 상처와 기쁨, 그대로 내게 돌아왔다

이정숙

창밖에 비가 쏟아지고 있다. 굵은 빗줄기가 마구 때린다는 표현이 적합할 정도로 거세게 떨어진다. 이곳은 그나마 강수량이 적은 편이다. 뉴스를 보니, 전국적으로 폭우가 쏟아져 피해가 속출하고 있었다. 비는 때론 우리에게 단비가 되기도 하지만, 때론 엄청난 피해를 주는 폭우가 되기도 한다. 우리도 서로에게 비처럼 흔적을 남긴다. 때론 떠올리기만 해도 좋은 추억으로 남기도 하지만, 때론 아픈 상처로 남기도 한다.

"언니, 미안하지만 이번 달까지만 있고 집을 좀 구해야 할 것 같아요."

말하기 어려웠다. 몇 날 며칠 고민 끝에 어렵게 말을 꺼냈다. 2013년 11월 초 무렵이었다. 함께 거주하던 G 언니에게 말했다. 언니는 내년 봄까지, 조금만 더 있으면 안 되겠냐고 말했다. 마음은 그러라 하고 싶었지만, 그럴 수 있는 상황이 아니었다. 언니에게 미안하다고 했다.

대학생 때 G 언니를 처음 만났다. 당시 언니는 새로운 진로를 위해 공부 중이었다. 언니는 논리적이고 합리적인 사람이었다. 밝고 당당했다. 자기주장이 강했지만, 여리고 따뜻하기도 했다. 나에게 여러 면에서 멘토가 되어 주었다. 그렇게 십여 년 시간 동안 언니와 연락하고 만남을 유지했다.

2013년 1월 어느 날, G 언니가 전화를 걸어왔다. 언니는 과외를 하며, 공모전에 출품할 글을 쓰고 있었다. 언니는 포항에 집을 구해야겠다고 했다. 줄곧 대도시나 그 인근에 거주하던 언니였다. 포항에는 한 번도 거주한 적이 없었다. 갑자기 왜 포항에 집을 구하냐며 물었다. 도시에 거주하니 방세나 생활비가 많이 나간다고 했다. 글을 쓰는데 굳이 도시에 있을 필요가 없었다. 나는 알겠다며, 방을 알아봐 주기로 했다. 그날 저녁 남편에게 말했다. G 언니가 포항으로 오려고 하니 집을 알아봐 줬으면 했다고. 언니의 경제적 사정을 알고 있던 남편은 우리 집에 와서 지내도 된다고 했다. 뜻밖의 제안이었다. 속으로 '앗싸!' 하고 외쳤다. 불편할 텐데 그렇게 해도 되겠냐며, 감정을 티 내지 않고 차분히 물었다. 남편은 언니가 힘들어서 연락했을 텐데, 그렇게 하라고 말했다. 바로 다른 방으로 가서 언니에게 전화를 걸었다. 남편이 우리 집에 와서 지내도 된다고 하니 불편하겠지만 와서 지내라고 했다. 언니는 그렇게 우리 집에서 함께 살게 되었다. 남편과 나는 안방에서, 두 딸은 작은 방에서, 언니는 또 다른 방에서 지냈다. 낮이면 남편과 나는 직장으로 출근했고, 아이들은 학교와 학원으로 갔다. 언니는 주로 혼자 집에서 지냈다. 저녁이 되면 같이 식사하고, 이야기도 나눴다. 때론 같이 외식하거나 바람을 쐬러 가기도 했다. 책을 좋아하던 언니는 아이들과 함께 책도 읽었고, 글쓰기도 가르쳐 줬다. 그렇게 시간은 흘러갔다.

한 집 안에 가족이 아닌 다른 구성원이 함께 사는 것은 쉬운 일이 아니었다. 말이나 행동, 모든 것이 이전보다 조심스러웠다. 나는 불편해도 감수할 수 있었다. 오히려 언니가 불편할까 봐 신경 쓰였다. 아이들도 언니를 '이모'라 부르며 잘 따랐다. 남편과도 큰 무리 없이 잘 지내는 것 같았다. 그런 줄 알았다. 그러나 남편의 마음속에는 알게 모르게, 불편한 감정이 조금씩 쌓여 가고 있었나 보다.

어느 날 남편이 말했다. 언니와 함께 사는 것이 힘들다고. 언니의 행동을 이해하기 어렵다고 했다. 사소한 일이지만, 그런 일이 계속 쌓이다 보니 많이 불편하다고 했다. 평생 다른 환경에서 살아왔는데, 서로 이해하기 어려운 것은 당연했다. 남편은 더 이상 함께 살기 어렵다고 했다. 그때가 2013년 10월 말이었다. 남편에게 곧 겨울이 되니, 겨울이 지나고 내년 봄에 나가면 안 되겠냐고 물었다. 안 된다고 했다. 남편은 그리면 자신이 집을 나가겠다고 할 만큼 완고했다. 언니의 사정을 알고 먼저 손을 내밀어 준 남편이었다. 그런 남편을 탓할 수 없었다. 처음부터 함께 사는 일은 쉬운 일이 아니었다. 조금만 신중했더라면 충분히 예측할 수 있는 문제였다. 남편의 제안을 받고 기쁜 마음에 그 이상 생각하지 않았다. 불편하겠지만 잘 지낼 수 있으리라 생각했다. 남편에게 한 달만 더 기다려 달라고 했다. 언니에게 사정을 설명했다. 미안했지만, 나로서도 어쩔 수 없었다. 남편과 언니 사이에서 이러지도 저러지도 못했다. 한 달 후 언니는 짐을 꾸려 다시 도시로 돌아갔다. 언니가 잘살기만 바랐다. 그 후 한동안 언니에게 연락하지 못했다. 언니가 받았을 상처, 다시 시작해야 하는 낯선 환경이 걱정되었다. 언니를 더 이상 챙겨 주지 못하고, 힘든 곳으로 보낸 것 같아 미안했다. 언니에 대한 그런 감정들로 자책하기도 했다. 그 일은 나에게도 아픔이 되었다. 긴 시간이 흘러 언니를 만났다. 밝게 반겨 주는 언니는 예전과 같았다. 스스로 그 상처를 많이 보듬었으리라. 신중하지 못한 판단으로 상처를 주었고, 그 상처만큼 나도 힘든 시간이었다.

2023년 6월 어느 날, 오후 무렵이었다. 아파트 단지로 올라가는 회전 교차로 부근에 다다랐다. 회전 교차로에서 어떤 아저씨가 혼자서 무언가를 줍고 있었다. 바닥에는 초록색 유리 조각들이 여기저기 많이 떨어져 있었다. 그 오른쪽 옆을 보니 흰색 포터 화물 차량이 있었다. 화물칸에는 소주병을 담은 박스가 쌓여 있었고, 마대도 실려 있었다. 차량에 실린 공병이 도로에 떨어진 것으로 보였다. 속도를 줄이면서 순간 어찌할까 고민했다. 유리 조각을 빨리 치우지 않으면 다른 차량에도 피해가 갈 것으로 보였다. 혼자서 유리 조각들을 치우는 아저씨도 위험해 보였다. 화물 차량 뒤에 비상등을 켜고 정차했다. 큰 조각들은 손으로 줍더라도, 잔 유리 조각들은 쓸어야 할 것 같았다. 교차로 맞은편에 있는 마트로 달려갔다. 평소 종종 들르는 마트였다. 마트 입구에 빗자루와 쓰레받기가 보였다. 마트 문을 열고 들어가 주인아주머니에게 말씀드렸다. "도로에 공병이 깨져서, 빗자루하고 쓰레받기 좀 빌려 갈게요."라고. 아주머니는 어쩌다 그랬냐며, 알겠다고 하셨다. 얼른 빗자루와 쓰레받기를 들고, 아저씨가 있던 교차로로 달려갔다. 아저씨는 큰 조각들을 여전히 장갑 낀 손으로 줍고 계셨다. 그 옆에서 나는 빗자루로 쓸었다. 생각보다 잘 쓸리지 않았지만, 열심히 쓸어 담았다. 아저씨는 고맙다고 하셨다. 잠시 후 아저씨도 차량에서 빗자루를 가져와 쓰셨다. 그러는 사이 교차로에 진입하는 차량이 있었다. 차량은 조심히 비켜 갔다. 눈에 보이는 조각들은 거의 다 정리되었다. 아저씨는 내가 들고 있던 쓰레받기를 받아, 유리 조각들을 차량에 있던 마대에 버리고 돌려주셨다. 다시 고맙다고 말씀하셨다. 나는 아니라며, 빗자루와 쓰레받기를 들고 마트로 뛰어갔다. 빗자루와 쓰레받기를 한 번 더 털어 처음 있던 곳에 두었다. 마트 안으로 들어가 주인아주머니에게 빗자루와 쓰레받기 잘 썼다며 인사드렸다. 그런 나를 보며 아주머니는 어째 그런 생각을 했냐고 말씀하셨다. 웃으며 "경찰이잖아요."라고 말했다. 나도 모르게 입 밖으로 나왔다. 멋쩍었다. "안녕히 계세요."라고 인사드린 후 얼른 밖으로 나왔다. 위험하다 생각했다. 지나치면 안 될 것 같았다. 아저씨에게, 도로를 이용하는 이들에게 조금이나마 도움이 되었다면 그것으로 충분했다. 나에게도 작은 기쁨이 되었다.

누군가에게 상처를 주었다. 의도하지 않았지만 아프게 했다. 내 마음도 편치 않았다. 나에게도 상처로 고스란히 남았다. 누군가에게 기쁨을 주었다. 기뻐하는 모습에 내 마음도 흡족했다. 나에게도 기쁨으로 남았다. 관계를 맺으며 살아간다. 때로는 상처를, 때로는 기쁨을 준다.

내가 준 상처와 기쁨은, 온전히 내게로 돌아왔다. 나를 위해, 모두를 위해, 상처보다는 기쁨 주는 삶을 살아가고 싶다.

3-8

상처는 줄이고, 기쁨은 키우고

우승자

"당신 턱밑이 왜 그래?"

남편도 몰랐던 나의 상처다. 굳이 말하지 않았다. 지우고 싶은 상처이기 때문이다. 턱을 들면 흉터가 보여 일부러 고개를 숙이기도 했다. 턱밑을 만지면 손끝에 까칠하게 와 닿는 상처는 기억하고 싶지 않은 그날을 떠올리게 한다.

열 살 때였다. 그날은 장날, 엄마가 쌀장사하러 부산으로 가는 날이다. 엄마는 시골에서 쌀을 사서 부산 단골집에 팔아 이윤을 남겼다. 자식들 먹여 살리기 위해 엄마는 불철주야 뛰었다. 5일 장 리듬에 맞추어 3일은 시골집에서 2일은 부산에서 지냈다. 부산으로 가는 화물차에 엄마의 쌀을 실어야 했다. 어린 나는 엄마를 도와 쌀을 옮기려고 리어카를 끌고 장에 갔다. 여느 날처럼 술에 취한 아버지도 장터에 있었다. 왼쪽 어깨에 쌀자루를 지고 오더니 리어카 위로 쌀자루를 그대로 던졌다. 두 손으로 리어카를 잡고 있던 나를 못 보신 걸까? 아버지가 내려놓은 쌀가마니(그때 한 가마니는 40킬로그램이었다.)의 무게를 리어카는 견디지 못했다. 손잡이는 내 손에서 벗어났다. 아버지가 던진 쌀자루의 위력만큼 내 몸은 공중으로 붕 떠올랐다. 리어카 손잡이가 내 턱에 부딪혔다. 입안에서 피 냄새가 진동했다. 입안뿐 아니라 턱밑에서도 피가 흐르고 있었다. 피 흘리며 울고 있는 나를 보고서야 아버지는 정신이 드는지 나를 업고 보건소로 달렸다. 아버지 등에 업힌 나는 울고만 있었다. 보건소장도 이런 경우는 처음 있는 일이라며 나를 달래면서 응급 처치를 했다. 그리고 벌어진 턱 아래를 꿰맸다. 마취했지만 너무 아파서 악을 쓰며 울었던 기억이 지금도 생생하다. 그날의 상처 자국은 50년이 지났지만 여전하다.

막내인 나를 향한 아버지의 사랑은 지극했다고 한다. 내가 젖먹이였을 때 울고 보채면 자전거에 태워서 일하고 있는 엄마 찾아 젖을 먹였다는 이야기는 귀에 못 박힐 정도로 들었다. 자식 여섯을 키웠지만 그런 일은 나에게만 있었던 일이라고 엄마는 자주 이야기해 주었다. 자식이 배고파 울어도 쳐다보지도 않던 아버지였다고 한다. 나를 자전거에 태워 들로 산으로 데리고 다녔던 이야기는 동네 사람들도 다 아는 이야기라 자라면서 종종 들었다. 엄마가 부산으로 쌀장사 가고 나면 아버지가 밥을 꼬박꼬박 챙겨 준 일을 기억한다. 아버지는 군에서 취사병이었고, 요리 실력이 좋았다. 아버지가 해 주는 계란찜이나 김치찌개 맛은 일품이었다. 아버지의 자전거와 맛있고 따뜻한 밥은 아버지 사랑의 징표로 간직하며 살았다. 하지만 턱의 상처는 긴 꼬리표가 되어 아버지에 대한 미운 감정으로 콕 박혀 있었다.

"얘들아, 우리 행운목 키워 볼래?"

행운목을 사러 가는 날은 유달리 기분이 들뜬다. 양재 꽃시장이 가깝게 느껴지고 발걸음이 가볍다. 몇 해 전부터 학기 초에 우리 반 아이들에게 행운목을 선물로 나누어 주었다. 백합과의 행운목은 관리하기 쉽다. 화초를 잘 키우지 못하는 사람도 손쉽게 키울 수 있다. '약속을 실행하다.'라는 꽃말이 좋고 키우는 데 부담이 없어서 아이들과 함께 '행운목 키우기' 활동을 해 왔다. 관심 가지며 눈빛을 반짝이는 아이도 있고, 귀찮아하는 아이도 있었다. 인터넷 검색으로 행운목 키우는 방법을 알아보고 대부분 열심히 키워 나간다. 시큰둥했던 아이들도 점점 자라는 행운목을 보면서 기뻐한다. 아이들 집에서 자라고 있는 행운목의 좋은 기운은 우리 교실까지 전해 온다. 두어 달 정도 키우면 이파리들이 무성해진다. 팝콘처럼 터져 나오는 샛노란 꽃이 피기까지는 많은 정성과 시간이 걸리지만 말이다.

행운목 키우기를 통해 우리 반 아이들은 나눌 이야기가 풍성해진다. 운목이, 행복이, 복덩이 등 이름을 따로 지어 주는 아이도 있다. 3행시 쓰기 대회를 하기도 했다. 아이들이 지은 3행시에 웃음이 난다.

행: 행복해 보이는구나.

운: 운이 좋아요. 오늘은 햇볕을 많이 쬐었거든요.

목: 목소리가 들려오는 것 같다.

아이들은 서로 잘 지었다며 뽐낸다. 얼마나 자랐는지 앞다투어 사진을 찍어 보여 주며 자랑하기도 한다. "행운목 꽃을 피우기까지는 쉽지 않다. 꽃이 핀다면 행운이 온다고 한다. 열심히 키워서 꽃피는 모습을 보고 싶다." 동진이는 3행시 대신 편지를 썼다. 누구보다 행운목 키우기에 열심이었던 보민이 글도 아이들이 좋은 반응을 보였다. "3월에 받은 행운목과 지금 10월의 행운목을 사진 찍어 비교하니까 큰 차이가 난다. 잎의 크기가 다르고 풍성해졌다. 행운목이 빨리 자라는 것 같다. 내년에는 얼마나 더 자랄지 궁금하다. 선생님 말씀으로는 선배들도 행운목을 가져갔는데, 지금 엄청 많이 컸다고 하셨다. 나의 행운목도 시들지 않고 죽지 않으면 좋겠다." 아이들의 3행시나 편지글을 통해 행운목과 함께 성장하는 아이들 모습을 보게 된다. 한 뼘 크기의 행운목을 나누어 줄 때는 미처 생각지 못했다. 미미한 시작이었지만 풍성해지는 과정에서 맛보는 기쁨은 생각보다 컸다.

사실 나는 식물 키우기에는 재주가 없었다. 선인장도 내가 키우면 금방 죽었다. 꽃집에서 본 다육이들이 예뻐서 집으로 데리고 오면 여지없이 시들어서 버렸다. 그럴 때마다 속상해서 다시는 식물 키우지 말아야지 했다. 하지만 화원에 가면 나도 모르게 사 오고, 죽으면 내다 버리는 일이 되풀이되었다. 그 와중에 우리 집에서 유일하게 살아남은 건 행운목이었다. 생명력이 강하여 키우기 수월했다. 아이들과 같이 키워 보고 싶었다. 우리 반 행운목 키우기 활동은 그렇게 시작되었다.

나는 꽃과 화초를 좋아한다. 거실의 공기를 정화한다는 아이비, 틸란

드시아, 관엽식물 등을 잘 키우고 싶었다. 식물에 따라 방법을 달리해야 했다. 햇빛을 좋아하고 물을 싫어하는 선인장, 물 빠짐 좋은 흙이 중요하고 겨울에 물 주면 얼어 죽는 다육이 등 식물의 생육 특징을 공부하면서 키우고 있다. 이제는 죽은 화초를 내다 버리는 일이 줄어들었다. 지금 우리 집 거실은 온통 초록색이다. 싱그러운 향기가 가득하다. 아침 햇살에 유난히 반짝이는 다육이를 보면 기분이 좋다. 저절로 미소 짓게 된다.

식물을 키우면서 필요한 물과 바람과 햇빛을 조절하는 법을 배웠다. 우리 반 아이들에게도 식물 키우기를 통해 작은 성공을 맛보게 하고 싶었다. 기대했던 것처럼 나눔의 기쁨은 싱그러운 초록으로 돌아왔다. 행운목이 잘 자라 꽃을 피워 내듯 아이들 마음에도 노란빛 희망이 가득하리라 믿는다.

교사로 살면서 해마다 많은 아이를 만났다. 내 삶의 흔적은 제자들의 삶이다. 행운목처럼 날마다 더 푸르른 모습으로 성장하는 모습을 지켜보며 살았으니 복된 시간이었다.

살면서 나도 모르게 다른 사람들에게 준 상처, 분명 많았을 터다. 돌아보면 저절로 고개 떨구게 된다. 그런데도 내가 받은 상처만 또렷이 기억하면서 살아가는 모습이 부끄럽다. 지금부터라도 말 한마디, 행동 하나에도 주의를 기울여야겠다.

"사람은 자신의 고난을 세는 일을 좋아하지만, 기쁨 세는 법을 모른다. 기쁜 순간도 세었다면, 더 행복해질 것이다." 도스토예프스키의 말에 고개를 끄덕인다.

상처와 기쁨은 결코 일방적일 수 없다. 반드시 주고받는다. 상처는 덜 주고, 기쁨은 많이 주는 사람이 되려 한다. 상처는 줄여 가고 기쁨은 키워 나가는 삶, 나의 선택에 달렸다.

3-9

관점이 차이를 만드는 변화

함해식

사업 3년 차 돈을 더 벌기 위해 공장을 사들였습니다. 돈에 초점을 맞추니, 돈이 안 되는 일은 하지 않았습니다. 빚이 많아지니 매일 예민해지고 잠도 자지 못했습니다. 2019년 1월 15일, 대상포진 확진을 받았습니다. 일주일 전 왼쪽 허벅지에 빨간 기포가 보였습니다. 가려워서 피부과에 갔습니다. 의사 선생님이 보더니, 대상포진이라고 말을 합니다. 초기이니 약을 먹으면 빨리 치료된다고 말을 합니다. 지인분 중 걸려서 그게 고생했다는 분의 말을 들은 적이 있습니다. 겁이 났습니다. 하지만 의사의 말 한마디에 위로를 받았습니다. 그런데 약을 먹고 난 다음 날부터 몸에 힘이 쭉 빠집니다. 일주일 지나고부터 걷기도 힘들고 등에 통증도 옵니다. 칼로 등을 찌르는 것 같습니다. 그래서 침대 바닥에 누워 있었습니다. 그 뒤로 누구와 통화도 못 했습니다. 운전도 못 했습니다. 어디에 조금만 신경 써도 바로 통증이 옵니다. 먹는 것도 마음대로 먹지 못했습니다. 기름진 짬뽕, 라면, 짜장면, 감자탕 등을 먹으면 바로 통증이 와서 누워 있기만 했습니다. 그래서 결국 공장 문을 닫았습니다. 한 달이 지나도 병이 낫지 않습니다. 병원에서 시키는 대로 약을 먹고 쉬어도 효과 없었습니다. 빨리 낫지 않는 내 몸에 원망만 했습니다. 왜 나에게 지금 이 병이 와서 힘들게 하냐며 울기도 했습니다. 매달 나가야 할 세금과 이자 걱정에 빠져 살았습니다. 점점 희망보다 절망에 빠지기 시작했습니다. 3개월까지 그렇게 자기 연민에 빠져 지냈습니다.

누워 있던 어느 날, 책장에 책 한 권이 보였습니다. 천천히 읽으며 마음에 드는 문장에 줄을 그어도 봅니다. 책을 보는 동안 통증을 느끼지도 않고 편안해졌습니다. 그 뒤부터는 아픔을 받아들이기 시작했습니다. 그러니 마음이 편안해집니다. 나보다 더 힘든 장애인들도 어려운 환경을 이겨 내고 있었습니다. 좋아하는 일에 집중하고 표정은 항상 밝고 감사함으로 가득 차 있었습니다. 책을 통해 글과 사진을 보면서 위로를 받았지요. 나쁜 생각과 감정이 들 때도 다시 봤습니다.

점점 혼자 있는 시간이 많아졌습니다. 혼자 있는 시간에 책을 더 가까이했습니다. 그랬더니 눈물과 후회보다 희망이 보이기 시작했습니다. 책에서 일기를 쓰라고 하니 따라 해 봤습니다. 처음에는 원망과 병에 대한 나쁜 이야기만 적었습니다. 하지만 마지막에는 '그래! 다시 힘을 내자!'라고 글을 적었습니다.

2020년 1월 중순이 지나자 등에 통증이 점점 줄어듭니다. 우연히 사무실에서 유튜브 <김미경TV>를 보며, 켈리 최 회장에 대해 알게 되었습니다. 파리에서 사업해 성공했다는 이야기를 들었습니다. 약 30분간의 영상을 통해 좀 더 알고 싶어져 책을 사 보게 되었습니다. 읽고 또 읽으면서 배울 점이 뭔지 찾으려고 했습니다. 인스타와 페이스북에도 가입했습니다. 그리고 얼마 후 인스타그램에 100일간 명언 필사 프로젝트도 참여했습니다. 매일 새벽에 글이 올라오면 노트에 적었습니다. 그리고 사진을 찍어 인스타그램에 올렸습니다. 일주일, 한 달, 꾸준히 적다 보니 마음 근육이 탄탄해졌습니다. 성취감도 느꼈습니다. 또 잠재의식과 시각화, 확언, 명상 등을 배웠습니다. 그녀가 매일 글을 올려 주는 대로 명언을 적고 한 치의 의심 없이 배우려고 했습니다. 방에는 좋은 글, 목표, 사진, 명언을 많이 붙이기 시작했습니다. 틈만 나면 보고 또 봤습니다. 6개월 동안 따라 했습니다. 어느 날 그녀가 기부도 한다고 합니다. 우리에게도 한번 시작해 보라고 합니다. 많이 하지 말고 조금씩 하라고 합니다. 그녀도 사업을 한번 크게 망하고 남을 위해 살아 보겠다고 다짐을 했다고 말합니다. 그 말에 내 감정을 종이에 적어 봤습니다.

군대에 있을 때 봉사와 기부에 관심이 많았습니다. 하지만 매번 미루기만 했습니다. 전역하고 취업하고 결혼해도 돈이 없다는 사실에만 집중했습니다. 매년 살기가 좋아도 남과 비교만 했습니다. 잘난 사람과 비교하니 취약 계층 사람들은 생각도 못 했습니다. 기부는 부자들만 하는 거라 생각했습니다. 그녀의 말에 울림이 있었습니다. '그래, 나도 지금 부자가 아니지만 일단 해 보자.'라는 생각을 했습니다. 다음날 영천 시청에 가서 매달 정기 기부를 신청했습니다. 큰 금액보다는 매달 꾸준히 기부한다는 마음으로 시작했습니다. 시청 직원과 상담하고 종이에 사인했습니다. 매년 특별한 사항이 없으면 연계한다고 말을 합니다. 설명을 듣고 사무실로 왔습니다. 기분이 좋았습니다. 며칠이 지나도 좋은 감정이 오래갔습니다. 친구에게 밥을 사 주고 부모님께 용돈을 드리는 기분과 달랐습니다. 나도 누군가에게 도움 줄 수 있다는 생각과 점점 용접으로 내 가치가 올라간다고 생각했습니다. 앞으로 힘든 사람을 돕기 위해 더 열심히 살려는 마음도 생겼습니다. 그 뒤로도 점점 어려운 사람에게 관심 가지게 되었습니다. 폐지 줍는 할머니에게 더운 날씨에 수고한다는 따뜻한 말을 자주 했습니다. 돈을 꺼내 맛난 것 사 드시라고 자주 드리기도 합니다. 은행에 가면 연말마다 열리는 독거노인을 위한 쌀 기부 행사에 동참하기도 했습니다. 그렇게 내 이익보다 남을 위해 살려고 노력했습니다. 하지만 기분 좋게 마음만 먹으면 되는데, 일에서 돈에 대한 욕심을 버리기가 쉽지 않았습니다. 책에서는 '마진 줄이고 일을 늘려라, 단골을 늘려라'와 같은 글들을 많이 봤습니다. 돈보다 경험, 돈보다 신뢰가 더 중요하다고 합니다. 돈보다 그 분야의 전문가가 되는 게 더 좋다고 말을 합니다. 아프고 난 후 사업에 관한 책도 자주 사서 읽었습니다.

적게 받고 일하는 게 쉽지 않았습니다. 주말에 아내가 시내로 옷 구경을 가자고 합니다. 같이 맛있는 점심도 사 먹고 옷 구경도 합니다. 마음에 드는 옷도 몇 벌 삽니다. 그런데 점점 마음이 불안합니다. 다음 달 카드 결제, 생활비 등 걱정이 몰려옵니다. 하지만 아내에게 내색하지 않았습니다. 나 때문에 기분을 내지 못할까 봐 웃고 맙니다. 집으로 돌아와 통장 잔액을 봅니다. 그럼 우울해집니다. 돈이 없다는 사실에 집중하게 됩니다. 다음날 월요일, 고객으로부터 전화가 옵니다. 그때 망설입니다. 돈을 많이 받고 일할지, 아니면 적게 받고 고객의 마음을 얻을지 고민합니다. 돈이 필요하니 약간 큰 금액을 부르기도 합니다. 그러면 일을 못 하는 경우가 자주 발생합니다. 이런 습관을 바꾸기 위해 지금도 노력합니다. 바로 책을 봅니다. 마음의 끈을 놓치지 않기 위해 사업으로 성공한 사람들의 책을 봅니다. 무조건 따라 합니다. 내 생각은 하나도 넣지 않습니다. 잊을 만하면 다시 꺼내서 봅니다. 고객이 견적을 요청할 때도 다시 봅니다. 지금 처한 내 상황이 힘들어도, 돈이 부족해도, 부자인 것처럼 생각합니다. 부자처럼 행동도 합니다. 천천히 따라 하면 좋은 점도 있습니다. 고객과의 관계도 좋아졌습니다. 올 1월에 고객으로부터 전화가 왔습니다. 사무실 출입문이 불편해서 리모델링하고 폭을 키우고 싶다고 합니다. 사진을 받고 금액이 이렇게 나온다고 했습니다. 작업 날짜를 받고 공사를 시작했습니다. 그날 오전, 처음 만난 자리에서 고객이 한마디 합니다. 다른 곳은 금액이 많이 나오는데, 여기는 저렴해서 좋다고 말합니다. 그래서 나는 과거에는 돈이 좋아 집중해서 쫓아가다 큰코다친 적이 있다고 말했습니다. "이제는 돈보다 일 자체 즐기려고 노력합니다. 그리고 일을 통해 고객의 마음을 얻으려고 합니다."라고 말합니다. 그런 뒤 작업을 합니다. 자르고 붙이고 합니다. 오후 3시를 넘겨서 작업이 끝납니다. 고객이 다시 한번 고맙다고 커피 한잔 줍니다. 자주 연락하고 지내고 싶다고 합니다. 그렇게 헤어지고 지금은 한 번씩 안부 전화도 합니다. 그로부터 몇 개월 뒤 문자가 옵니다. 중소개업 대표 모임에 초대도 해 줍니다. 참으로 고맙습니다. 그렇게 참석도 합니다. 이번에 감사의 표시로 제 책을 사인해서 모임 오신 분께 선물로도 드렸습니다. 고객과의 인연을 계속 이어 가서 기분이 좋습니다.

과거에 용접 창업을 하고 한 달에 30만 원도 벌기 힘들었습니다. 일과 수입이 꾸준하지 않다 보니 부정적인 생각이 많이 들었습니다. '다시 직장 생활 할까? 그냥 편하게 살까?' 돈 때문에 수시로 흔들렸습니다. 지금은 관점을 바꿔 긍정적으로 생각합니다. '돈은 없지만, 시간은 많아. 내가 하고 싶은 일에 더 집중할 수 있잖아. 지금 결과가 나오지 않았지만, 언젠가는 목표 지점에 도달할 거야. 그래서 외부에서도 계속 불러 주는 그런 존재가 될 거야. 그럼 수입이 많이 늘어날 수 있을 거야.' 스스로에게 계속 긍정 선언을 합니다.

4장

무엇을 나누면서 살아야 할까

(더 나은 인생을 위하여)

4-1

숲에서 배우고 나누는 삶

강성숙

퇴직한 지 5년째. 공책에 그려 놓은 마인드맵을 펼쳐 보았다. 숲 공부, 여행, 악기, 글쓰기, 명상 등 관심사, 하고 싶은 일, 해야 할 일, 하기 힘든 일이 적혀 있다. 어떻게 살아야 즐겁고 의미 있을까. 나이가 몇 살이 든 우리의 내면에는 상상하지 못한 잠재력이 숨어 있다고 한다. 내가 가진 능력을 발휘하며 나누면 과거보다 멋지게 살 수 있다고 믿는다.

천리포수목원은 푸른 눈의 외국인, 민병갈이 설립한 한국 최초의 민간 수목원이다. 이역만리 타국에서 자신의 전 재산을 바쳐 황무지를 일구어 가꾼 곳이다. '세상에서 가장 아름다운 수목원' 인증도 받았다. 오래전, 천리포수목원의 사계를 쓴 『정원 소요』를 읽었다. 아름다운 숲과 정원을 즐기고 느낄 수 있도록 안내한 책이다. 저자는 천리포수목원을 101번이나 방문했다고 한다. 책을 읽고 천리포를 다녀왔다. 수목원을 가꾸고 다듬은 설립자의 흔적에 숙연해졌다. 나무 한 그루, 풀꽃

한 송이가 다시 보였다. 계절마다 가고 싶은 곳으로 마음에 남아 있다.

9년 전 항암 치료 중, 컨디션이 회복되면 광교산에 올랐다. 건강할 때보다 더 자주 산으로 갔다. 숲은 몸과 마음을 회복하는 치료제가 되었고, 내 삶에 더 가까이 다가왔다. 아이들과 자연에서 보냈던 즐거운 기억, 국립수목원에서 만난 숲해설가의 행복한 미소도 나를 숲으로 이끌었다.

퇴직 후 숲해설가, 유아숲지도사 자격증을 땄다. 자격증은 나왔으나 코로나 영향으로 숲 해설을 할 기회가 많지 않았다. 하지만 숲을 찾아오는 사람들이 차츰 늘어나고 있어 다행이다. 아이들을 만나 숲 프로그램을 진행한다. 풀밭을 지나며 아이들과 이야기를 주고받는다.

"여기 똥 싸는 꽃이 피었네~ 줄기 꺾어서 손톱에 발라 볼까?"

"저는 바르기 싫어요. 노란색 물이 나와요~"

애기똥풀을 손톱에 발라 보기도 하고, 씨앗이 생기면 루페로 관찰도 해 본다. 숲을 산책하며 오감을 활용한다. 보고, 듣고, 냄새 맡고, 만지는 감각 놀이를 먼저 한다. 숲 놀이는 학습이 아니라 만남이다. 숲에 가서 무엇을 배웠는지 관심이 너무 많은 부모도 있다. 배운 것보다 숲에 가서 즐겁게 놀았는지, 기분이 어땠는지 물어보면 좋으련만. "자연을 아는 것은 자연을 느끼는 것의 절반만큼도 중요하지 않다." 『침묵의 봄』을 쓴 생물학자 레이첼 카슨의 말이다. 숲을 찾는 사람들이 기억하면 좋겠다.

숲과 사람은 어떤 관계가 있을까 생각할 때가 많다. 동호회에 가입하여 숲 공부를 계속하고 있다. 선배들의 숲과 나무, 자연에 대한 해박한 지식과 경험은 숲 활동의 발자국이 된다. 배움에 있어 나이는 걸림돌이 되지 않는다는 사실을 옆에서 보았다. 작년 겨울에 숲해설가의 밤 행사에 참여했다. 주제 발표를 듣고 있는데 내 의자를 뒤에서 몇 차례 발로 건드렸다. 미안해할까 봐 가만히 있었다. 몇 분 뒤 '쿵' 하는 소리가 났다. 내 뒷자리에 앉은 분이 쓰러진 것이다. 사람들이 부축하여 로비로 모시고 나갔다. 119를 불러 병원에 실려 갔다. 여든이 넘은 분이었다. 심장 시술을 받은 적이 있는데, 장시간 앉아 있어 심장에 무리가 온 거였다. 그런데, 얼마 전 그분을 대모산에서 만났다. 숲 공부 멘토로 후배들을 가르치러 나온 것이다. 더운 날씨인데도 정성을 다해 나무 이야기를 들려주셨다. 일흔이 넘은 나이에 숲 공부를 시작하여 봉사할 수 있는 곳을 찾아다닌다. 젊었을 때 공부보다 더 즐겁다며 건강이 허락하는 데까지 공부하고 나누겠다고 하신다. 팔순이 넘어도 숲을 다니며 배우고 나누는 분이 많다. 퇴직 후 어떤 삶을 살 것인가 보여주는 인생 멘토다.

사람은 자연과 공존해야 한다. 기후 변화의 위기를 몸으로 맞대고 살고 있다. 생태 수업 중 강사가 전한 메시지다. "숲은 사람이 없어도 되지만, 사람은 숲이 없으면 살 수 없다." 자연은 언제나 우리 곁에 있다. 자연을 느끼려고 멀리 가지 않아도 된다. 주변에 있는 풀 한 포기, 나무 한 그루의 말에도 귀를 기울여보자. 걸을 수 있을 때까지 숲으로 다가가 숲이 일러 주는 이야기를 나누며 살고 싶다.

어느 날, 다큐멘터리 프로그램을 봤다. 세상에는 두 종류의 사람이 있다. 나누는 사람과 나누지 않는 사람. 나누지 않는 사람들이 말하는 이유는 '아직은 나눌 게 없어서, 나중에 돈이 더 있으면, 시간이 나면'이라고 한다. 나눔을 피하는 답만 찾고 있는 것이다. 나 또한 그랬다. 열심히 살았으나 내 가족을 챙기느라 주변을 돌아보지 못했다. 나누기 위한 봉사 활동은 뒤로 미뤘다. 내 주변에는 오랫동안 다른 사람을 돕거나 후원하는 친구들이 많다. 대단하다며 엄지 척 하면서도 정작 실천하지 못하는 내가 부끄러웠다.

작년 5월, 숲해설가협회 사회공헌단 봉사팀에 들어갔다. 매월 2회 장애인 주간보호시설 친구들을 만난다. 20대에서 40대 성인들이다. 봉사자들은 장애인 시설 이용자를 '친구'라고 부른다. 친구들은 밖에 나가기 어려워 주로 시설에서 지낸다. 봉사자들이 오면 야외로 나간다. 올림픽공원 숲에서 친구들을 처음 만났다. 버스에서 내려 하늘을 쳐다보며 소리 지르기도 하고, 주변을 두리번거리며 알아들을 수 없는 말을 하기도 했다. 의사소통에 어려움이 있거나 손발이 자유롭지 못한 친구도 있었다. 시설 교사는 봉사자들에게 장애인 친구 한 명씩 짝을 지어주었다. 머뭇거리고 있는데 친구들이 먼저 손을 내밀었다. 선입견이나 두려움은 나만의 생각이었다. 봉사자들과 장애인 친구들은 손을 잡고 숲으로 이동했다. 마음 열기 활동으로 나뭇잎이나 나뭇가지로 '다섯 글자 예쁜 말' 글자 쓰기를 했다. '고맙습니다, 사랑합니다, 감사합니다, 재미있어요, 행복합니다' 등 긍정의 뜻이 담긴 내용을 보면 흐뭇한 미소가 지어진다.

오랜만에 숲에 나온 친구들의 감정 표현과 신체 반응은 다양했다. 보물찾기 종이를 보여 주지 않고 꼭 쥐고 있다. 아이 같은 순수한 모습에 손을 펼칠 때까지 기다려 주었다. 계란판에 솔방울을 넣어 점수를 계산하는 놀이를 즐거워한다. 솔방울이 들어가자 손뼉 치고 소리 지르며 좋아한다. 셈 놀이 계산은 관심 밖인 듯 솔방울만 계속 던진다. 나뭇잎으로 부엉이를 만들어 전시했다. 전시한다고 올려놓자 했는데 집에 가져가겠다고 한다. 봉사자를 아빠, 아빠 부르며 손가락 하트를 날리기도 한다. 자작나무에게 가서 비밀 한 가지씩 속삭이고 오라고 했더니 나무 앞에서 브라보를 크게 외친다. 처음에는 반응이 없던 친구 몇 명이 이제는 활동에 참여하고 웃는 표정을 짓기도 한다. 행복해하는 모습을 보며 어떻게 다가가야 할지 생각해 본다. 장애인 대상 프로그램은 수업의 질보다 장애인들과 즐겁고 안전하게 놀아 주는 게 우선이다.

한여름과 한겨울에는 실내에서 활동한다. 봉사자들이 문을 열고 들어서면 조용히 앉아 있던 친구들이 소리를 지르거나 손뼉을 친다. 반가움의 표현이다. 걸음이 자유로운 친구들은 문까지 나오기도 한다. 봉사자들을 이렇게 반겨 주는 곳이 또 있을까 싶다.

봉사 가는 날에는 설렌다. 한 사람이라도 더 봉사 활동에 참여하도록 안내한다. 장애인들과 눈을 맞추고 감정을 살피며 마음을 나눈다. 작은 재능이라도 나눌 수 있어서 기쁘다. 나눔을 통해 감사를 배운다. 봉사 활동을 하며 주는 것보다 얻는 것이 많다는 것을 깨달아 간다.

4-2

기쁨 주고받는 세상을 꿈꾸며

권시원

지난 6월, 입사하고 첫 근무지인 여의도지점에서 함께 일했던 동료 두 명과 저녁 식사를 했다. 최 과장은 본사에서 근무하기 때문에 같은 건물에 있어 오가며 인사도 하고, 가끔씩 점심 식사도 함께했었다. 박 과장은 육아휴직이 끝나고 복직하여 본사에서 근무했었는데, 올해 초 지점으로 발령 나면서 한동안 만나지 못했었다. 20년 넘게 두 사람을 알고 지내다 보니 정이 많이 들었다. 서로를 잘 이해하고 있어 함께 하는 시간이 편안하다. 저녁 식사를 하자는 연락을 받은 후, 일부러 마포에 있는 고급 식당을 예약했다. 한우에 와인을 곁들여 먹으면서, 서로의 안부도 묻고 이런저런 대화도 나누었다. 대화를 하다 보니 자연스럽게 함께 근무하던 시절로 화제가 옮겨 갔다. 그런데 박 과장이 나 때문에 서운했던 일이 있었다며 이야기를 꺼냈다.

"팀장님, 나 팀장님 때문에 다친 적 있어요."

"뭐? 나 때문에 디쳐?"

"뭐야, 기억 안 나요?"

2002년 함께 근무하던 시절, 20대 후반의 나는 회사 업무가 끝나고 직장 동료들과 자주 술을 마셨다. 사건이 있었던 그날도 술을 많이 먹었던 모양이다. 내가 술이 취해 정신이 없다 보니, 박 과장이 나를 데려다주기 위해 택시를 같이 타고 우리 집 앞까지 왔었다고 한다. 집 앞에 도착하여 박 과장이 택시에서 내린 후 나를 부축하려고 하니, 내가 괜찮다며 박 과장을 택시에 밀어넣은 후 문을 세게 닫았다고 한다. 다 타지도 않았는데 말이다. 박 과장의 팔이 문에 끼어 다쳤던 모양이다. 다음날 회사에 출근해 나에게 이야기했더니 조심하지 그랬냐며 오히려 핀잔을 주었다고 했다. 박 과장의 이야기를 들었는데도 기억이 전혀 나지 않았다. 박 과장이 거짓말할 리는 없었다. 기억은 나지 않지만 박 과장에게 미안했었다고 사과했다. 박 과장과 지금까지 좋은 관계를 유지하며 지냈으니 다행이다. 아니었다면 20년 지난 일로 상당히 민망했을 거다.

어린 시절 동네 친구들과 매월 모임을 갖는다. 서울 개봉동에 살 때 사귄 친구들이다. 초등학교 동창도 있고, 중학교 동창도 있다. 모임 있는 날에 시간이 되는 친구들만 나오기 때문에, 보통 3~5명 정도 만난다. 지난 7월부터는 한동안 소식이 끊겼던 기수가 모임에 나왔고, 오랜만에 만날 수 있었다. 기수를 마지막으로 본 게 10년도 더 된 것 같았다. 친구들과 술잔을 기울이며 대화를 이어갔다. 자연스럽게 어린 시절 이야기도 나왔는데, 기수가 갑자기 이런 말을 했다.

"시원아, 너가 중학교 때 나 때린 거 기억하냐?"

"내가? 너를? 왜?"

"모르지. 암튼 그때 그랬어."

기수에게 당시 이야기를 듣다 보니 기억이 났다. 하도 오래된 기억이라 때린 나도, 맞은 기수도 정확한 이유는 몰랐다. 이야기를 듣고 기억이 머릿속에 영상처럼 떠올랐다. 오디오 없는 장면이었다. 기수의 이야기를 들으며 조용히 웃기만 했다. 혹시라도 기수가 "그때 때린 거 지금 맞아라!"라고 할까 봐 나도 모르게 기수의 눈치를 살폈다. 중학교 이후에도 계속 만났었던 친구라 다행이다. 그때 이후 처음 만났다면 진짜 한 대 맞았을지도 모른다.

인생을 살다 보면 많은 난관을 만나게 된다. 아무런 사건도 일어나지 않고, 고난이 없는 평탄한 인생은 있을 수 없다. 슬프거나 화나는 일이 당연히 있을 수밖에 없다. 그렇기 때문에 우리에게 필요한 것은 불행을 외면하고 행복만을 좇겠다는 노력이 아니다. 고난을 딛고 일어날 수 있는 용기와 지혜가 필요할 뿐이다. 평탄한 인생을 바라는 것은 어쩌면 시간 낭비일지도 모른다.

인간관계도 마찬가지다. 서로에게 아무런 상처도 주지 않고, 기쁨만 주는 관계는 있을 수 없다. 다른 사람과 관계를 맺다 보면, 내가 좋아하는 사람도 있고, 싫어하는 사람도 있기 마련이다. 어떤 경우에는 주변에 나쁜 사람만 있는 것 같기도 하다. 그런데 다르게 생각해 보면 내 감정을 기준으로 따지는 좋고 나쁨일 뿐, 상대의 기준으로 본다면 나

또한 좋은 사람이 아닌, 나쁜 사람일 수 있다. 인간관계에서 중요한 사실은 상처를 주고받는 것처럼 기쁨도 주고받을 수 있다는 것이다. 주관적인 판단 기준에 따라 얼마든지 좋은 사람도 나쁜 사람도 될 수 있으니까 말이다.

누군가에게 좋은 사람으로 기억되려면 어떻게 해야 할까? 간단하다. 상처보다는 기쁨을 많이 주는 사람이 되면 된다. 타인에게 상처를 주었다면 언젠가는 후회하는 순간이 오고, 그걸 만회하기 위해 부단히 노력해야 한다. 하지만, 기쁨을 주었다면 그것으로 전부다. 상대방이 내가 준 기쁨을 어떻게 받아들이든 신경 쓰지 않아도 된다.

그럼 어떻게 사람들에게 기쁨을 나누어 줄 수 있을까? 기쁨을 나눠 주기 위한 매개체가 필요하다. 작은 선물을 할 수도 있고, 맛있는 식사 한 끼를 사 줄 수도 있다. 꼭 물질적인 것이 아니더라도 칭찬하는 말을 하거나, 미소를 지어 줄 수도 있다. 상대를 기쁘게 하기 위해 주는 것이라면, 무엇이든 효과가 있지 않을까 싶다. 내가 주변 사람들에게 나눠 주고 있는 책 선물이 좋은 예일 것이다.

누군가에게 좋은 사람으로 기억되고 싶다면, 마음이 담긴 선물을 건네 보자. 나는 선물을 주지만 상대방은 마음을 받는다. 그리고 나를 좋은 사람으로 기억해 줄 것이다. 그러면 내 기분도 좋아지게 된다. 기분이 태도가 되지 않도록 해야 한다는 말이 있다. 나의 기분을 잘 관리하는 것만으로도 다른 사람들과 즐겁게 잘 지낼 수 있다고 믿는다.

앞으로도 계속 책을 선물할 생각이다. 책마다 주제가 다르다 보니 누구에게 선물할까 고민하다 보면 주변 사람들에게 관심을 가지게 된다. 어디 사는지, 가족 관계는 어떻게 되는지, 자녀가 있다면 몇 명이고 몇 살인지 등 뜻밖의 호구 조사를 하기도 한다. 조사를 마치고 나면 친근감이 더해진다. 책을 선물할 때 도움이 되고, 그 사람을 대하는 내 마음도 달라지게 된다.

선물한 책을 읽을지 안 읽을지는 신경 쓰지 않기로 했다. 책을 선물받은 사람이 그 순간에 조금이라도 기쁨을 느낄 수 있다면 그것으로 충분하다. 혹시라도 책을 읽는다면, 책을 볼 때마다 나를 떠올릴 수 있을 테니 더 좋다. 다음은 누구에게 어떤 책을 선물할까 고민해 본다. 서로가 기쁨을 주고받는 세상이 되면 좋겠다. 그러다 보면 우리의 삶도 더 좋아지지 않을까.

4-3

좋은 길, 좋은 인연 내가 만든다

김미예

카톡에 선물 메시지가 떴습니다. '누구지?' 확인했더니 L 작가로부터 응원의 메시지와 함께 선물이 도착했습니다. 내가 쓴 블로그 글을 읽고 응원해 주고 싶어서 보냈다고 합니다. 나도 모르게 심장이 뛰었습니다. 특별히 잘해 준 것도 없었습니다. 선물까지 챙겨 주니 당황하기도 했고, 좋기도 했지만 나를 기억했다는 마음이 고스란히 전해졌습니다. 종일 그녀 덕분에 웃을 수 있었습니다. 선물이란 거! 사람을 설레게 합니다.

글을 쓰는 작가입니다. 잘 쓰든 못 쓰든 간에 매일 한 페이지 책 읽고 글을 씁니다. 글쓰기, 책 쓰기에 관한 글도 쓰고요. 일상 소소한 이야기, 화가 났던 일, 드라마를 보고 좋은 대사가 있어 급하게 쓰기도 합니다. 내게는 한 가지 직업이 더 있습니다. 부동산 광고대행사 전문 매니저로 16년간 일했습니다. 한 가지 일을 지금까지 해 올 수 있었던 이유는, 좋아했기 때문입니다. 재미있었고, 살아 있다는 생각에 했습니다. 다른 사람을 도울 수 있다는 마음으로 기꺼이 했습니다. 중간중간 우여곡절도 많았습니다. 그럼에도 불구하고 여기까지 왔습니다. 잘 살아 냈다는 증명이겠지요.

더 나은 인생을 위해 무엇을 나누면서 살아야 할까요? 살면서 받은 것들이 참 많습니다. 죽을 고비를 여러 번 넘겼지요. 세 살 때는 물에 빠져 죽기 직전에 거지가 꺼내 줘서 살아났다 들었고요. 고등학교 때는 아버지와 등굣길에 크게 교통사고를 당했습니다. 여러 사람의 도움으로 아버지와 내가 살 수 있었습니다. 사회생활을 시작할 때 아버지 같은 사장님을 만나 적은 월급이지만 5천만 원까지 모을 수 있었습니다. 그 덕분에 집에 보탬이 될 수 있었고 일부는 부모님께, 나머지는 결혼 자금으로 쓸 수 있었습니다. 첫아이를 낳을 때는 죽다 살아났지요. 여덟 시간 동안 깨어나지 않아 시어머님이 밤새워 간호를 하셨고요. 아이 낳고 사고 칠 때마다 남편은 나를 지켜 주었습니다. 보이스피싱을 당해 경제적으로 힘이 들었을 때, 치아가 아파 어떻게 할 수 없을 때 도와주는 분이 있어 치료까지 할 수 있게 되었습니다. 살면서 해 준 기억보다는 받은 기억이 더 많습니다.

작가가 되고 싶었습니다. 욕심으로 시작했지요. 공부하고 배우면서 내 삶을 글로 쓰기로 결심했습니다. 나와 같이 사는 게 힘들고, 미래를 두려워하는 사람들에게 도움이 되고 싶었습니다. 인생의 멘토이자 글쓰기 선생님인 이은대 작가를 만났습니다. 부정적인 말과 생각으로 가득했었습니다. 욕은 물론이고 불평불만을 입에 달고 살았습니다. 웃지 않았고요. 늘상 심각했습니다. 다른 사람 탓 많이 했습니다. 부정적인 말, 생각, 욕설 등은 입에 담지도 말라는 스승의 말에 고치기로 했습니다. 부정적인 생각을 줄였을 뿐인데 웃기 시작했고, 감사함을 느끼는 사람으로 바뀌었습니다. 힘들 때도, 아플 때도 웃으라니까 웃었습니다. 믿었던 이에게 뒤통수를 맞아도 '그럴 수도 있겠구나, 어쩔 수 없었겠구나' 이해하는 마음도 생겼습니다. 화가 나면 거르지 않고 직선적으로 퍼붓던 말도 글을 쓰면서 달라졌습니다. 나는 잘하고 있나, 내가 원인 제공을 하지는 않았는지, 이게 최선이었을까 등등. 나를 돌아보는 성찰의 힘이 생겼습니다. 함께하는 사람들에게서 좋은 영향을 받다 보니 생각도, 마음가짐도, 태도도 변화할 수 있었습니다. 일상 모든 일에 어떻게 생각하느냐에 따라 그날의 기분이 좌우되는 듯합니다. 웃음으로 시작했다면 웃음으로 마무리할 수 있고요. 불평불만으로 시작했다면 걸리는 일마다 화를 내고 일이 틀어지겠지요. 하루를 마무리할 때 아쉬움으로 한숨 쉬게 될 겁니다.

글을 쓰는 작가입니다. 매일 나 자신을 돌아보고 반성하고 더 나은 모습으로 성장하기 위해 공부합니다. 잘 살고 싶어서 글을 쓴다는 이은대 작가의 말이 내게 스며들어 나도 잘 살고 싶다는 생각을 하고요. 아이들에게도 부드러운 엄마로서 친구같이 보내려고 노력합니다. 상처가 많은 나지만 좋은 사람들을 만난 덕분에 지금까지 살고 있습니다. 받은 사랑 나누어 줘야지요. 우선 내가 할 수 있는 나눔을 찾아보았습니다. 나누며 살아갈 수 있는 방법 세 가지를 살짝 소개해 드릴게요.

이게 정답은 아닙니다만 적어도 나는 이 방법으로 사람들과 좋은 관계를 유지해 나가고 있습니다.

첫째, 매일 책을 읽고, 글을 쓰는 작가로서 독자에게 필요한 위로를 건네고 싶습니다. 내가 읽은 책에서 혹은 나의 경험이 나와 비슷한 상황에 놓여 있는 독자라면 적어도 내 글에 귀를 기울일 수 있다고 생각합니다. 엄마이고, 작가이고, 프리랜서로 일하는 사람입니다. 언제라도 내가 필요할 때 기꺼이 곁에서 도움이 될 수 있습니다. 받은 사람이 줄 줄도 안다고 하지요. 지금까지 살면서 많은 사람으로부터 정성과 보이지 않는 도움으로 살았습니다. 그러니 나도 어려움에 직면한 사람을 도울 수 있는 거지요.

둘째, 광고주에게 도움이 되는 16년 차 부동산 광고대행사 전문 매니저입니다. 그들을 위해 24시간 대기합니다. 광고주들은 늦은 시간이나 이른 아침에 광고할 매물을 등록하는 경우 많습니다. 급해서 나를 찾는 거지요. 그런 광고주를 외면할 수 없습니다. 저도 그런 경험이 있거든요. 급한 일로 고객지원팀을 찾거나 누군가에게 도움을 요청했을 때 시간이 경과했다고 서비스를 받지 못해 발을 동동거리며 난처한 일을 겪은 적이 있습니다. 그 뒤로 광고주들을 외면하지 않겠다 다짐했습니다. 필요할 때 언제든 이용할 수 있고, 도움을 요청할 수 있도록 든든한 지원군이 될 겁니다. 인생 멘토가 나에게 답을 주듯 광고주들 또한 질문하고 답을 얻을 수 있으면 좋겠습니다. 그래서 업무 외의 시간에도 광고주를 위해 핸드폰을 열어 둡니다. 도움이 되었다는 연락과 고마움을 담은 메시지를 받을 때 보람을 느낍니다. 마음 하나 열어 준 것뿐인데 그들은 큰 도움이 되었다고 말합니다. 함께할 수 있다는 것이 이렇게 든든한 것인 줄 몰랐습니다. 앞으로도 광고주가 필요하다 할 때 언제든지 나를 찾을 수 있도록 성심을 다해 안내해 줄 것입니다. 16년을 한결같이 지킬 수 있었던 이유이기도 합니다.

셋째, 나이가 많아서, 기계를 다룰 줄 몰라서, 모든 게 서툴러서 무언가 시도를 할 수 없다고 말하는 사람들에게 나의 민낯을 그대로 보여 줍니다. 센스 없어도, 기계를 잘 다루지 못해도, 나이가 많아도 사는 데 아무런 지장이 없습니다. 해 보겠다는 의지가 중요합니다. 나처럼 서툴다고 시작도 하지 못하는 사람들에게 내가 알고 있는 것을 그대로 하나하나 알려 줄 수 있습니다. 알고 있는 것을 나누어 줄 수 있다는 것은 행운입니다. 20대 때, 30대에 내지 못했던 용기, 40대를 그냥 날려 보낸 허무함, 오십이 되었습니다. 여기까지 왔는데 무엇이 두려울까요. '그냥' 하는 겁니다. 내가 꽃길이 되고, 가시밭길이 되어 꽃길이 필요한 사람에게는 꽃길을 안내하고, 가시밭길로 들어서는 사람에게는 내 경험으로 그 사람이 더 나락으로 빠지지 않게 손잡아 줄 겁니다. 두려움 있지만 오십은 다시 시작하기 딱 좋은 나이입니다.

더 나은 인생을 위해 도울 수 있는 세 가지 나름의 방법을 소개해 드렸습니다. 이미 더 좋은 방법으로 자신만의 인프라를 구축하고 있는 분도 있겠지요. 부족하지만 지금의 자리에서 내게 도움을 청하는 사람들에게 필요한 존재로 방향성을 제공해 주고 싶었습니다. 긍정적인 말과 태도로 상대방의 이야기에 경청해 줄 수 있고요. 힘이 들어 기운 빠져 있는 이들에게는 내 어깨에 기댈 수 있도록 손잡아 주려 합니다. 공부하고 연습하여 사람을 도우며 살겠습니다. 소중한 사람들에게 내가 알고 있는 것을 나누어 줄 수 있다는 것이 얼마나 큰 축복인지 모릅니다. 이것이 내가 세상에 온 이유이고 소명이겠지요. 다른 사람에게서 받을 때보다 줄 수 있을 때 내 삶은 더 좋아진다는 것을 알았습니다.

4-4

인생 면역력을 키워 주는 독서와 글쓰기

김지안

다른 사람에게 줄 수 있는 게 뭐가 있을까? 생각해 본 적 없다. 독서와 글쓰기를 시작하기 이전과 이후의 나는 달라졌다. 과거는 지난 일에 대한 실패나 아픔의 기억이라고만 생각했다. 하지만 '과거는 경험이다.'라고 정의하고부터 생각과 태도가 바뀌었다. 일기를 쓰다 보면 온갖 부정적인 생각들로 가득했다. 일상을 기록하는 일기 글조차 성찰 없이 쓰니 변화가 없었다. 글을 쓰면서 성찰하는 힘을 키워 보기로 했다. 성찰의 사전적 의미는 '자기의 마음을 반성하고 살핌'이라고 나와 있다. 글쓰기를 시작하기 전까지 과거 상처나 아픔에 대해서 부정적인 감정만이 남아 있었다. 몰라서 하는 실수라면 잘못을 교정하기가 수월하다. 이유를 알고 나서야 행동을 교정할 수 있다. 내가 해결해야 할 문제에 대한 깊은 사색이 필요하다. 문제를 해결해야 다음 단계로 나아갈 수 있다.

비유가 적절할지 모르겠지만, 나는 살면서 꼭 알고 있어야 했던 몇 가지 문제 해결책을 뒤늦게 발견했다.

첫째, 자기 자신과 상대의 감정을 알아채기 위한 대화 지식과 연습이 필요하다. 타인과의 대화를 편안히 하게 되면 상대와 감정적인 공감이 쉬워진다. 마음이 열리고 난 뒤 일도 수월하게 풀릴 수 있다. 둘째, 과거에 대한 후회나 미래에 대한 불안보다 현재 순간에 집중하고 최선을 다하는 태도다. 걱정, 불안, 두려움은 현재의 나에게 도움이 되지 않는다. 현재에 충실하면 된다. 셋째, 긍정적인 태도로 어려움에 도전하고 실패를 배움의 기회로 삼아야 한다. 어려운 상황에서도 긍정적으로 생각하고 감사하는 태도와 감정의 안정을 유지하는 것이 중요하다. 넷째, 나에게 의미 있는 목표여야만 동기 부여가 가능하다. 자신의 가치와 열정에 기반하여 명확하고 현실적인 목표를 설정한다. 다섯째, 가족, 친구, 동료와의 연결을 강화해서 연대감을 느끼고 소통하며 서로에게 관심을 기울이는 거다.

학교에서 가르치는 지식은 회사의 필요에 따라 평가 도구로 활용된다. 회사에서는 학교 성적보나 원활한 소통 능력이 필요하다. 현재 대학 교육은 상당 부분 기업의 인재 필터링 기능을 담당하고 있다. 나는 중·고등학교 시절 등급을 좋게 받는 것과는 무관한 과목을 열심히 공부했었다. 윤리, 역사, 세계사, 문학, 미술, 한문 등과 같은 학교 성적 비중에 별다른 영향이 없는 과목을 좋아했다. 어쩌면 지금 독서와 글쓰기를 붙잡을 수밖에 없는 운명이지 않았을까? 독서하는 시간으로 진정한 나를 마주했다.

첫 번째, '목적 독서'다. 나는 인간관계에 대한 어려움을 해결하고 싶었다. 인간관계를 힘들어하는 사람이 나 하나만은 아니다. 많은 사람이 어려워하는 주제이다 보니 말하기, 심리학, 협상 등과 관련한 책이 무수히 쏟아진다. 관련 책 중에서 여러 사람이 추천하는 책 열 권을 뽑아서 읽어 보면 실패 없이 문제에 대한 해결책에 접근할 수 있다. '목적 독서'는 내가 해결해야 할 문제에 대한 목적을 세우고 해당 분야의 책을 선별하고 읽기에 도움을 준다. 지난날의 나의 실수를 발견할 수 있게 된다. 내가 근본적으로 인간관계에 서툴렀던 이유는 본질을 파악하는 힘이 약했기 때문이다. 본질을 파악하지 못한 상태에서 감정을 통제하지 못했다. 문제를 인식하기보다는 감정적으로만 대처했다. 단점 투성이, 외골수, 고지식, 유연성 결여, 버럭이 등의 단어가 과거의 나를 표현하는 단어였다. 기껏 좋은 관계를 만들어 놓고도 한순간의 감정 폭발로 관계를 망치는 경우가 종종 있었다.

두 번째, '적용 독서'다. 책을 읽고 감정이 동요할 정도의 깨달음을 얻게 되면 실행해야 한다. 무작정 실행하기보다 책에서 얻은 지식을 적용해 본다. 쓰는 과정을 거치면서 변화를 겪을 수 있었다. 어렵게 생각하기보다 일단 책을 읽으면서 밑줄 그은 문장이 있다면 노트에 쓴다. 한 권의 책을 읽고 나면 수많은 문장에 밑줄을 그을 때도 있다. 읽을 때 무릎을 치며 감동받았던 문장이라서 줄을 그었다. 밑줄 그은 것으로 멈추면 안 된다. 일상에 적용하려 노력해야 한다. '일상의 어느 부분에 적용하면 달라질 수 있을까'를 생각하고 문장들을 모아 본다. 나열하기다. 나열해 놓은 좋은 문장들은 공통분모가 있는 문장들끼리 주제에 맞춰 모아 보고 생활에 적용할 수 있는 문장으로 다시 만든다. 정리한 문장을 써 보면 흩어져 있는 생각이 하나로 정리된다. 정리된 문장을 자기 암시 문장처럼 아침마다 출근하기 전에 되뇌어 본다. "나는 내 생각을 통제할 수 있다. 감정은 생각에서 온다. 그러므로 나는 내 감정을 통제할 수 있다." 웨인 다이어의 『인생의 태도』에서 뽑은 문장이다.

세 번째, '실행 독서'다. 목적을 가지고 책을 읽는 목적 독서, 해결해야 할 문제를 발견하고 나서 관련 책을 선별해 읽다 보면, 유익한 지식과 경험을 얻게 된다. 읽은 책에서 일상에 적용할 만한 문장을 발췌해서 자기 암시문으로 만들었다. 이것이 적용 독서의 시작이다. 반복 과정을 통해서 연습하게 된다. 감정에 압도되어 전체적인 상황을 파악하지 못하고 또다시 감정이 소용돌이칠 수 있다. 그럴 때면 나의 뇌에 명령을 내린다. 이 감정의 소용돌이는 곧 지나갈 거다. 겁먹지 마라. 나는 플랫폼이고 플랫폼을 통과하는 감정 열차일 뿐이다. 정차 시간은 길지 않다. 부정적 감정이 올라오면 그 자리를 빨리 벗어나야 한다. 분노 감정 열차는 플랫폼을 떠날 시간이 되면 미련 없이 태워 보내 버리면 된다. 마음의 여유를 갖고 성장한 나를 향해 토닥여 주면 된다. '잘했다. 잘했어!'

네 번째, '글쓰기와 책 쓰기'다. 책만 읽어서는 일상이 변하지 않았다. 행동으로 끌어내는 데에는 글쓰기를 대체할 만한 치트키가 없다. 일기는 꾸준히 쓰려고 노력 중이다. 블로그나 인스타그램에 글을 썼다. 꾸준히 글을 쓰는 데 도움이 되었다. 그러나 글쓰기의 종결은 책 쓰기라는 생각이다. 책을 쓰기 전에는 주제 의식이 불명확했다. 책을 쓰기 위해서는 자기주장에 대한 명확한 의식이 필요하다. 내가 말하고자 하는 메시지가 정리되지 않으면 상대를 설득할 수 없다. 수다에 그치게 된다. 요즘같이 정보가 넘쳐나는 세상에서 주제가 뚜렷하지 않은 글은 정보의 바다에서 쓸려 가기 쉽다. 글쓰기를 연습하면서 책을 쓰다 보니 내 인생에 대해서 사유할 수 있었다. 흔들리지 않는 기준을 갖는 데 도움이 되었다.

독서와 글쓰기, 그리고 책 쓰기는 인생에 다양하고 긍정적인 영향을 미친다. 독서를 통해 다양한 주제와 아이디어를 접하게 되고, 글쓰기와 책 쓰기를 통해 생각을 정리하고 표현할 수 있다. 이러한 활동들을 반복하다 보면 인지력과 통찰력이 개발된다. 독서와 글쓰기를 병행하고 나서부터 나의 감정과 생각을 표현하는 능력이 유연해졌다. 유연함으로 사람들을 대하고 난 후부터 감사하다는 인사를 종종 듣는다. 상대가 원하는 바를 살피고 내가 기꺼운 마음으로 해 줄 때 상대도 내 마음을 읽는 것 같다. 인생 면역력 키워 주는 홍삼 같은 독서와 글쓰기, 책을 쓰면서 '건강한 나'를 선물받았다는 걸 잊지 않으려 한다.

4-5

꿈과 신념은 사명이 되고

김한송

신청한 서류를 발급받았다. 종이 한 장이 주는 무게감이 남달랐다. 세무서에서 사업자 등록증을 받아들었다. 자격증이나 수료증과는 느낌이 전혀 달랐다. 상호에 적혀진 내 이름 세 글자가 주는 묘한 설렘과 긴장이 섞여 심장 박동 수가 요란하게 빨라졌다. 며칠 전 만들어 놓은 명함과 나란히 책상 위에 올려 두었다. '김한송 말과 글 커뮤니티'의 상호 옆에 대표라는 직함이 어색했다. 인생의 주인으로 사는 첫발을 떼었다는 생각이랄까? 스스로 부여한 새로운 직위를 달고 공식적으로 새 삶을 알리는 날로 새겨 두었다.

30년 가까이 직장 생활을 하면서 월급쟁이로 살았다. 프리랜서가 되면 좋겠다는 생각보다는 나만의 연구소를 하나 차려서 강의하는 모습을 상상한 적은 있다. 5년 전에 셀프 리더십 과정을 수료하면서 10년 후, 20년 후를 상상하고 기록하는 활동을 했었다. 그때만 해도 멀게만 느껴졌었다. 크리스토퍼 리더십 과정에서 스피치 시범을 준비하다가 우연히 그때 기록했던 활동지를 찾았다. 보는 순간 놀랐다. 작가와 강연가를 꿈꾸던 목표가 연도별로 하나하나 맞아떨어지는 게 아닌가. 기록의 중요성을 다시 실감했다. 물론 기록 후 얼마나 관심 분야에 집중했느냐가 관건이겠지만 말이다.

글쓰기를 만난 이후 다양한 책도 자연스럽게 접하고 있다. 책을 읽으면 내가 배워야 하는 세상이 너무도 많다는 사실을 인정하게 된다. 읽는 것에서 그치지 않고 내 일상에서 작고 사소한 것이라도 적용하는 마음가짐과 태도를 갖게 된다. 또 좋은 문장을 발견했을 때 나도 이렇게 공감되는 글을 쓰는 작가로 성장하고 싶다는 다짐을 하게 된다. 그만큼 글쓰기가 내 삶에 미치는 영향이 커졌다는 증거다.

나의 인생 책, 케빈 홀의 저서 『겐샤이: 가슴 뛰는 삶을 위한 단어 수업』은 모든 문장을 새겨 넣고 싶을 정도로 의미 있는 단어를 공부하는 시간이었다. 그중 몇 번이고 되새기며 읽은 문장 하나가 내 삶의 방향을 제시해 주고 있었다.

"내 가슴이 뛰는 것과 세상이 필요로 하는 것이 만나는 교차점을 발견하는 것은 삶에서 나의 사명과 목적을 발견하는 데 도움이 된다." 밑줄을 그으며 나 자신에게 계속 질문을 던졌다. '나와 세상의 교차점이 무엇일까? 나의 강점과 나만이 할 수 있는 일, 늘 세상의 유익이 되고 싶다고 말했던 나의 삶은 어떻게 세상의 필요와 만날 수 있을까?' 좋은 질문은 좋은 답을 만든다는 말처럼 내 가슴을 뛰게 만드는 꿈과 비전을 점점 선명하게 그려 볼 수 있었다.

꿈과 현실의 간극을 극복하는 일이 나에겐 큰 과제였다. 원하는 일을 하기 위해서는 여유 있게 준비할 시간이 필요하지만, 경제적인 현실도 간과하기 어렵기 때문이다. 오랜 직장 생활에서 벗어나 새로운 삶을 시작하면서 전혀 접하지 못했던 교육을 만났다. 책을 쓰고 저자 특강을 하고 나를 알리는 과정에서 만난 새로운 분야였다. 평소 강사가 되고 싶은 꿈이 있었기에 강사협회에 등록했다. 다양한 분야에서 강의하는 강사들이 그렇게 많은 줄 미처 몰랐다. 여러 자격 과정을 들었다. 기업 강의의 주를 이루는 법정 의무교육과 조직 활성화 강의, 생명 존중, 생명 나눔 등 저녁마다 온라인으로 강의를 들었다. 자격증을 수료하기 전 시연 강의도 하고, 다른 사람의 강의도 들었다. 대상도 다양했고 분야도 넓었다. 많은 정보와 노하우를 얻었다. 직업인으로서 강사를 하지 않았을 뿐, 오래전부터 교사와 학부모 앞에서 강의를 해 왔기에 부담은 없었다. 강사가 되려면 강의 수요가 많아야 무대에 설 기회가 많다고 생각한다. 하지만 막상 내가 원했던 부모 교육과 교사 연수, 조직 내 소통 강의 분야에서 기회를 잡기란 쉽지 않았다. 그래도 간간이 주어진 강의 무대에서 경험을 쌓았다. 강의 시연을 보고 교사 연수를 해 달라는 제안을 받아 충주에서 교직원 연수를 처음 진행했다. 열심히 강의를 준비한 보람이 있었다. 교사들 앞에서 강의한다는 사실에 가슴 설 다. 준비하는 과정도 즐거웠다. 앞에 서는 사람이 어떻게 전달하느냐에 따라 강의의 질은 확연히 차이 난다는 사실을 실감하면서 현장 분위기를 익혀 나갔다. 어쨌든 강의 시장을 공부하고 준비할 수 있는 값진 경험이었다. 그러나 모든 분야의 강의를 다 질할 수는 없다고 판단했다. 내가 잘하는 분야, 내가 강의하고 싶은 분야를 더 늦기 전에 찾아야겠다고 결심하고 다시 글쓰기와 독서에 집중했다.

글쓰기 수업을 들은 지 3년째, 라이팅 코치 과정에 등록했다. 글쓰기를 만나 책을 펴내기까지 성장한 생각과 가치관을 여러 사람에게 알려 도움을 주고 싶다는 마음으로 시작했다. 코치가 된다는 것에 막중한 책임감도 느꼈다. 그 사람의 글뿐만 아니라 전반적인 삶이 나아질 수 있도록 돕고 싶다는 의지가 불타올랐다. 하지만, 짧은 시간에 성과를 보이는 코치들을 보니 금세 풀이 죽었다. 이미 온라인에서 SNS를 통해 꾸준히 소통하고 있었던 그들과 나는 월등한 차이가 날 수밖에 없었다. 그것을 알면서도 마음이 조급해졌다. 이제 막 걸음마를 뗀 아이가 당장 뛸 수 있는 것은 아니지 않겠는가. 해 보지 않은 일은 서툴고 막막하게 느껴진다. 실패를 두려워만 한다면 아무것도 성취할 수 없다. 시행착오를 겪지 않으려고 한다면 무엇을 얻을 수가 있을까. 주저하고 망설이는 대신 나 자신을 더 믿어 주자고 다독였다. 마음이 약해질 때마다 나를 채찍질해 주고 동기 부여 해 주는 책을 읽었다. 원하는 삶의 방향에만 집중했다.

매일 글을 쓰고 있다. 일기도 쓰고 블로그나 인스타그램에 독서의 흔적을 남기고 어록과 명언을 만든다. 또 개인 저서나 공저 책 쓰기도 꾸준히 이어 가고 있다. 글쓰기 활동을 일상에도 접목해서 도움 되는 글을 쓰기 위해 공부하고 책을 편다. 모든 일이 마찬가지겠지만 특히 글쓰기 분야는 누적된 결과물이 있어야 한다는 것도 코치 과정을 들으면서 더 절실히 깨달았다. 꾸준히 쌓아 올린 나만의 뚝심 있는 방향이 있어야 나의 콘텐츠도 만들 수 있다. 코치가 되었다고 사람들이 몰려와 내 강의를 듣는 일은 일어나지 않을 것이다.

내가 그동안 꾸준히 배우고 관심 가졌던 스피치는 사람들의 말하기 습관에 대해 도움을 줄 수 있는 분야다. 그동안 준비했던 공부와 경험들이 실제 강의 현장에서도 많은 도움이 되었다. 책을 내 것으로 만들기 위한 노력이 쌓여 말을 전달할 때에도 확신에 찬 목소리가 느껴졌다. 말을 잘하기 위해 글로 정리해 본 경험이 나의 브랜드를 만들어 냈다. '말과 글'은 우리가 살아가는 데 윤활유 역할을 해 주는 도구다. 언어의 중요성은 모두가 느끼고는 있지만 제대로 공부하고 변화하려는 사람은 많지 않다. 말과 글을 연구하면서 사람들의 말을 품격 있게 개선해 주고 싶다는 욕심이 생겼다. 말과 글을 군더더기 없이 요약하고 정리하는 능력이 갖춰진다면 어떤 분야에서든 성공할 수 있다는 확신이 생겼다. 그런 확신을 다른 사람에게도 전달할 의무가 생긴 것은 나의 사명이었다.

"얼마나 많은 가치를 사람들에게 전해 주느냐에 따라 자신의 가치가 결정된다."는 문장을 읽은 적이 있다. 나의 가치를 알리기 위해서는 그만큼 나를 보여 주고 끊임없이 연구해야 한다는 말로 해석했다. 앞서 말한 세상의 필요와 나의 강점이 만나는 교집합을 찾고 싶었다. 나의 정체성이 될 분야를 구체적으로 찾고 깊게 연구해야 한다는 생각에 초점이 맞춰졌다. 독서와 글쓰기의 근력이 갖춰질수록 자신 없고 주저하는 마음을 뒤로하고 해낼 수 있다는 마음가짐으로 바꿔 나갔다.

오랫동안 품었던 꿈을 꺼내 쓰기 시작하니 나의 강점으로 '돕는 인생' 살고 싶다는 신념이 생겼다. 그리고 더 나아가 '말과 글'이라는 커뮤니티에 함께할 사람들을 위한 사명도 깊어지고 있다

4-6

삶, 예술이야

송진설

어린 시절, 지금 살고 있는 모습을 예상이나 했을까요? 상상 속 나의 모습과 현재의 내 모습은 차이가 큽니다. 어찌 보면 당연한 일이겠지요. 현실과 이상은 다를 수밖에요. 어린 시절에는 훌륭한 어른이 되고 싶었습니다. 지금 생각해 보면 훌륭하다는 의미가 명확하지 않은 채 막연하게만 생각했던 듯합니다. 주위 친구들 중 대통령을 꿈꾸던 아이들도 많았는데, 어떤 일을 하며 살아가고 있을까 궁금하기도 합니다. 내가 꿈꾸던 삶과 다르게 살아가고 있듯이 친구들도 어릴 적 꿈과는 다른 현실에서 최선을 다하며 살고 있진 않을까 하는 생각이 듭니다.

어른이 되고 나서 그것도 엄마가 되고 나서, 삶을 바라보는 시선이 많이 달라졌습니다. 학창 시절에는 공부 잘해 좋은 대학교에 가는 것이 제일이라고만 생각했지요. 학교 공부 외에 다른 것들은 삶을 방해하는 요소로 여겼어요. 예술 또한 여유로운 사람들이 즐기는 것이라고만 생각했어요. 악기 하나 배우지 못한 이유이기도 합니다. 공부만을 중요하게 생각했다고 해서 꿈을 이루며 원했던 직업을 가진 것도 아닙니다.

엄마가 되고 달라졌습니다. 삶이 힘들다 느낄 때 날 위로하며 다독여 준 것은 다름 아닌 예술이었어요. 읽고 쓰며 그렸던 시간이 나를 버티게 해 주었습니다. 『제인 에어』를 읽으며 부당한 대우에 맞서 자신의 삶을 지켜 나가는 모습에 힘을 얻었어요. 도망가고 싶을 만한데, 진저리 치며 등 돌릴 만한데 그러지 않더라고요. 읽는 내내 숨죽였어요. 다음 장면은 상황이 좋아질까. 읽으며 숨 막히도록 긴장되더라고요. 마지막 장을 읽고 나서 한참을 생각했습니다. 힘겹다고 놓아 버리면 안 되는 것. 그것은 삶이었어요.

라디오에서 흘러나온 노래를 들었습니다. 순간 마음이 찡하더니 눈물이 흘렀어요. '천천히 가도 돼'라는 노래였습니다.

'비가 오고 다시 해가 뜨듯 스쳐 간 바람이 다시 불어오듯 하루가 지치고 마음이 다쳐도 괜찮아. 넌 다 이겨 낼 거야.'

노래 가사에서 괜찮다고 말합니다. 다 이겨 낼 거라고 해요. 그러니 천천히 가도 된다고 합니다. 눈물이 멈추지 않았어요. 위로가 되었답니다. 토닥토닥 마음을 다독거리는 가사로 용기를 낼 수 있었어요. 조용히 혼자 있는 시간을 가집니다. 세상에는 평가의 목소리가 너무나 많이 쏟아져요. 점수를 매기며 이런저런 말을 많이 합니다. 사람과의 관계에서도 그렇습니다. 다른 이의 노력보다는 결과에 대해 이야기를 합니다. 과정 동안 있었을 노고와 애썼을 마음에 집중하길 바라지만 현실은 그렇지 않더라고요. 마무리를 하며 고생했다고 말을 하는 이도 있지만 평가의 말을 쏟아 내는 사람도 참 많았습니다. 아쉬운 마음이 들어요.

더 나은 상황이 되길 바라는 마음으로 조금씩 변화하길 바랐습니다. 그 과정 속에서 담담히 내가 할 수 있는 일을 하며 힘을 보탰습니다. 변화는 더딥니다. 단기간에 성장하기 힘듭니다. 천천히 조금씩 나아가야겠지요. 마음을 보태고 시간을 들이며 애쓰는 동안 바라는 이상대로 가는 것이겠지요. 충분히 무르익어야 합니다. 견디며 바라봐 주어야 해요. 하지만 주위에서는 당장 눈에 보이는 것으로 점수를 매깁니다. 나쁜 점수에 상처받지 말고 묵묵히 나아가야 합니다. 그래요, 쉽지 않아요. 그럴 때일수록 노래 가사에서 위로를 받고 응원의 메시지를 찾아야 합니다. 모두가 빨리 가려 할 때 더딘 자신을 격려해 주어야 합니다.

댄 조지의 시 「어쩌면」의 일부입니다. '그리고 무엇보다도, 침묵이 너를 강하게 만들 거야.'

시끄러운 세상입니다. 너도나도 말하기 바쁩니다. 가만히 들어 주는 시간이 필요해요. 들어 주다 보면 좀 억울하단 생각이 들기도 합니다. '그게 아닌데'라고 말하려다 맙니다. 묵직한 두 글자, 침묵. 강렬하게 다가옵니다. 때론 손해 보는 듯해서 등 돌리고 싶은 단어이기도 해요. 살다 보면 억울하고 분통 터지는 일 많습니다.

“저에게 왜 그러세요?”라고 물어보고 싶을 때 있지요. 도대체 내가 뭘 잘못했다고 그러는지 따져 묻고 싶을 때도 있습니다. 그러다 맙니다. 이해를 바랄수록 오해를 불러옵니다. 마음을 주었던 만큼 상처로 남아요. 그저 입을 닫습니다. 시에서 말합니다. ‘어쩌면 별들이 나의 슬픔을 데려갈 거라’고요.

삶은 나만의 해석으로 채워집니다. 나의 경험으로 이해하게 됩니다. 바라보는 시선이 다를 수밖에 없어요. 어찌 보면 당연한 일입니다. 책을 읽고 난 후 느낀 점도 달라요. 기억에 남는 문장을 골라도 다르지요. 감명 깊은 장면도 다르답니다. 서로 다른 삶을 살아가기에 그렇다 생각해요. 살아가는 방식과 사고가 다르기에 받아들여지는 모양새도 달라집니다. 온전히 다른 이의 삶을 이해할 수 있을까요. 그저 그렇구나! 하고 받아들입니다. 내 아이에게 예술과 함께하는 순간을 만나게 해 주고 싶었습니다. 점수로 평가되는 세상에서 자신의 존재 가치를 언제나 귀하게 생각하길 바라기 때문이지요. 생명의 존엄성을 잊지 않길 바랐습니다.

어릴 적부터 그림책을 읽어 주었어요. 그림책은 아이들이 만날 수 있는 친근하면서도 숭고한 분야입니다. 읽고 보고 들을 수 있는 세계이지요. 마음을 표현하는 언어들로 가득한 세상입니다. 또한 이야기를 이미지로 상상하고 꿈꿀 수 있어요. 행복을 주는 예술이랍니다. 이야기 밥을 먹고 자란 아이는 상상력이 뛰어날 뿐 아니라 따뜻한 감성을 지닐 수 있다고 믿어요. 그림책이 언어를 익히는 수단이 아닌 마음의 양식이 되도록 즐기는 시간이 필요합니다. 시와 함께하는 시간도 가집니다. 시는 느리게 살아가는 연습을 하게 합니다. 짧은 글을 읽으며 많은 생각을 하게 하지요. 천천히 읽으며 긴 호흡을 하도록 만듭니다. 명상하듯이 숨을 고르고 마음속으로 시를 낭독하다 보면 조금 느리게 가는 것도 괜찮다는 걸 알게 됩니다. 중요한 것은 시를 읽고 있는 지금이 순간이라고 속삭이는 듯합니다. 아이들이 해석하는 시의 이야기와 나의 이야기는 다릅니다. 상상력이 아이들의 세상을 더 크게 만들어 주어요.

아이들이 노래를 듣고, 따라 부르는 시간 또한 즐깁니다. 우쿨렐레를 연주하는 것도 예술의 연속이었지요. 영화를 보는 것도 마찬가지입니다. 아이가 예술 하는 삶을 사는 방법은 다양합니다. 내 아이에게 맞는 방식을 찾으면 됩니다. 어떤 것이든 아이의 삶과 예술이 늘 함께하기만 하면 되는 것이지요.

삶은 예술입니다. 아름답고 환상적이죠. 살아간다는 것이 얼마나 매력적인 일인가요. 행복한 삶을 이어 나가기 위해 무엇보다 휘둘리지 않고 단호하게 내 삶을 이끌어 가야 합니다. 그러기 위해서는 예술이 필요해요. 숨 가쁜 일상 속에서 온전히 나로 살아가기 위함이지요. 예술작품을 보듯 내 삶도 시간을 들이고 마음을 들여서 바라보고 감탄해 주어야 합니다. 단숨에 휙 바라봐서는 작품을 제대로 감상할 수 없습니다. 자신의 삶도 그렇습니다. 차근차근 꼼꼼히 들여다보아야 해요. 평가하는 마음이 아닌, 있는 그대로를 바라보는 마음이어야 합니다.

예술적인 삶은 지금 당장 할 수 있어요. 그림책 한 권을 펼치는 순간 그림과 이야기에 눈길을 줄 때, 노래를 들으며 흥얼흥얼 따라 부를 때, 시 한 편과 함께하는 시간 속에서. 이 모든 순간이 예술적인 삶을 살아가는 순간입니다. 모두가 행복해하며 "내 삶은 예술이야!"라고 감탄하며 살아갈 수 있길 바랍니다.

삶이 예술이 되는 순간을 만들어 가요.

4-7

나에게 있어 '세상을 바꾸는 이'

이정숙

사는 건 무엇일까? '살다'라는 동사를 사전에서 찾아보았다. '숨을 쉬며 생명을 지니고 있다.'라는 의미라고 한다. 마흔이 넘으니 생각이 많아졌다. 특히 삶에 관한 생각이다. '숨을 쉬며 생명을 지니는 동안, 나는 무엇을 해야 할까?' 뭔가 의미 있는 일, 가치 있는 일을 해야 할 것 같았다. '나에게 있어 의미 있는 일은 무엇일까?' 대단한 일을 시작하기에는 늦었다고 생각했다. 나와 내 가족에게만 유익한 일은 의미 있는 일이 아닌 듯했다. 생각이 꼬리를 물고 이어지기를 반복했다. '더 나은 인생을 위해 어떻게 살아야 하나?' 긴 시간 고민 끝에 내린 결론은 단순했다. 첫 번째는 현재를 살자는 것이고, 두 번째는 현재를 살되, 미래를 준비하자는 것이다.

현재를 산다는 건, 시간을 흘려보내며 그냥 살아가는 것이 아니다. 지금 이 순간, 최선을 다해 살자는 의미다. 내가 있는 이곳, 이 순간에 최선을 다해야겠다는 생각이 들었다. 지금 하는 일, 매 순간 내가 만나는 사람들에게 정성을 다해야 한다는 생각이었다. 현재도 제대로 살지 못하면서 미래를 생각하는 것은 나에겐 공상일 뿐이었다.

경찰에 입문한 지 얼마 되지 않은 때였다. 가슴 벅찬 시절이었다. 무엇이든 해낼 수 있을 것 같았다. 특히 여성, 청소년, 아동과 관련된 업무에 관심이 많았다. 누군가를 도울 수 있는 일이라 생각했다. 그 분야를 주제로 공부도 더 하고 싶었고, 업무를 통해 더 많은 이들을 돕고 싶었다. 꿈만 가득했다. 보람된 일도 많았지만 모든 일이 생각처럼 되지는 않았다. 그렇게 많은 시간이 흘렀다. 나는 다시 유사한 분야에서 근무하고 있다. 20대에는 업무에서도 이상적인 면을 더 생각했다. 지금은 업무에 임하는 이 순간 최선을 다하는 것이 이상이라 생각한다. 일하면서 지금 만나는 이들을 진심으로 대하고 최선을 다하는 것, 그것은 20대의 내가 꿈꿨던 막연한 이상이 아니다. 진정 내가 바랐던 바인지도 모른다.

얼마 전 남편과 해안 도로를 드라이브 했다. 업무와 관련된 이야기를 나누고 있었다. 남편은 최근 당직 근무를 하면서 전화 한 통을 받았다고 했다. 젊은 여성의 전화였다. 여성은 지친 목소리로 물었다. 남동생이 보이스피싱 사건 현금 수거책으로 최근에 구속되었다고 했다. 어떻게 해야 할지 몰라 여기저기 전화했으나, 누구도 명확한 답변을 주지 않았다. 알 수 없다거나 다른 곳으로 전화해 보라고 했다. 남편은 힘들었겠다며, 먼저 여성의 말에 공감해 주었다. 그 후 자신이 알고 있는 것을 하나하나 설명해 주었다. 통상적인 절차는 이렇다, 가족이 할 수 있는 일은 이런 정도가 있을 것 같다고. 동생을 위해 무엇을 해야 할지 몰랐던 여성은 그 말을 듣고 목소리가 밝아졌다. 거듭 고맙다며 인사했다. 남편은 당시 자신이 한 일은 아무것도 없다고 했다. 다만, 그 여성의 이야기에 귀 기울여 주었다고 했다. 돕고자 하는 마음으로, 자신이 알고 있는 방법이나 절차를 설명했을 뿐이었다. 소소한 일이었지만, 그 순간 남편은 할 수 있는 최선을 다했다. 그 마음은 여성에게 전달되었다. 만나는 이들에게 최선을 다하는 남편, 나도 저렇게 매 순간 최선을 다해야겠다고 생각했다.

'현재를 살되, 미래를 준비하자!' 미래를 위해, 중요하지만 시급하지 않은 일은 꾸준히 해야 한다. 그 지속이 쉽진 않다. '미래를 위해 지금 내가 해야 할 일은 무엇일까?'

20대 중반 어느 날이 떠올랐다. 남동생 휴대폰 배경 화면을 우연히 보게 되었다. '세상을 바꾸는 이'라고 입력되어 있었다. '이건 뭐야?' 그 문구가 좋았다. 내 휴대폰 배경 화면에도 똑같은 문구를 바로 입력했다. 20대 때, 내 휴대폰은 '세상을 바꾸는 이'와 함께했다. 나에게 있어 세상을 바꾸는 이는 거창한 일을 하는 이가 아니었다. 세상에 도움이 되는 사람, 유익한 사람이 되고 싶었다. 그 문구는 처음부터 내 것이었던 것처럼 오랫동안 배경 화면에 있었다. 그러던 어느 날, 문득 이런 생각이 들었다. '게으른 내가, 나도 바꾸지 못하는 내가 세상을 바꾸겠다고?' 부끄러웠다. 휴대폰 문구를 삭제했다. 그래도 마음 한편에는, 세상을 바꾸는 이가 되고 싶은 마음이 늘 자리 잡고 있었다. 그런 미래를 꿈꾸고 있었다.

2020년 10월의 어느 날 오후 무렵, 친구 S가 전화를 걸어왔다. S는 나에게 "네가 꼭 들었으면 하는 강의가 있어."라고 말했다. 어떤 강의냐고 물었다. 글쓰기 강의라고 했다. "글을 쓴다고? 내가? 글은 무슨." 됐다고 했다. S는 그 강의가 나에게 필요한, 인생에 도움 되는 강의니 꼭 들어 보라고 했다. 다만, 강의료가 고액인데 오늘까지 그 금액이고, 내일부터는 수강료가 오른다고 했다. 수강할 거면 오늘 내로 결제해야 한다고 했다. S는 이전에도 나에게 도움이 될 만한 여러 온라인 강의를 소개해 주었다. '꼭 들어야 하는 강의, 인생에 필요한 강의라고?' 함부로 말하는 친구가 아니었다. 매사 신중했다. 그런 친구가 나에게 추천할 때는 그만한 이유가 있다고 생각했다. 궁금했다. 수강하고 싶었다. 하지만 생각보다 고액 강의였다. 물론 지금 수강료에 비하면 아주 저렴하지만, 당시 나에게는 그랬다. 평소 사치하는 편이 아니었다. 가족에게 쓰는 돈은 아깝지 않았다. 하지만 나를 위해 쓰는 돈은 상당히 아까웠다. 한참 고민하다가, 남편에게 말을 꺼냈다. "듣고 싶은 강의가 있는데, 강의료가 좀 비싼데. 들어도 될까요?" 남편은 흔쾌히 하고 싶은 대로 하라고 했다. 쿨했다. 쉽게 수락해 준 남편 덕분에 바로 강의를 신청했다. 그렇게 자이언트 북 컨설팅과 인연이 시작되었다. 입과 전, 무료 특강 한번 안 들어봤다. 자이언트 북 컨설팅이 무엇인지 제대로 알지 못하면서, 자이언트 가족이 되었다.

기대를 안고 첫 수업에 들어갔다. 줌 강의가 시작되었다. 선생님은 자신이 사기 전과자에, 파산자에, 암 환자라고 했다. '어, 뭐야?' 농담인 줄 알았다. 강의를 계속 들어 보니 농담이 아니었다. 그 순간, 뭔가 잘못되었다는 생각이 들었다. 당시 나는 경찰서 경제범죄수사팀에 근무 중이었다. 사기 사건 등 수사 업무를 담당하고 있었다. 선생님 말씀을 듣는 순간, 얼굴을 바로 볼 수 없었다. 내가 경찰관이라는 사실만으로도 나를 못마땅하게 생각할 것 같았다. 대면하는 것도 아닌데, 마치 나를 보고 있는 듯 불편했다. 줌 화면임에도 눈을 마주치지 않았다. 속으로 친구 S를 탓했다. '이런 중요한 사실이 있으면 미리 말했어야지. 왜 말을 안 해서.' 첫 수업은 그렇게 불편한 감정으로 끝났다. 일주일 후 두 번째 수업에 접속했다. 듣기 싫어도 이미 수강료를 결제했기 때문에 어쩔 수 없었다. 선생님은 아버지에 대해 이야기했다. 아버지는 경찰관으로 퇴직하셨다고 했다. '전직이시라고? 경찰 가족이라고?' 불편했던 선생님이 갑자기 친근하게 느껴졌다. 수업을 계속 들으며 알게 되었다. 선생님은 내가 누구라도 개의치 않을 분이라는 것을. 그것으로 사람 차별할 만큼, 속 좁은 분이 아니라는 것을.

자이언트 북 컨설팅에 입과한 지 꽤 오래되었다. 강의를 들으며 깨닫고 있다. 왜 글을 쓰는지, 어떻게 살아야 하는지. 선생님이 강조하는 말씀이 있다. 누군가 단 한 사람에게라도 도움이 된다면, 그것이 글을 쓰는 이유라고. 미래를 위해 지금 내가 해야 할 일에 대한 해답을 조금은 찾았다.

꿈은 멀리 있지 않았다. 지금 이 순간, 나에게 주어진 일에 최선을 다하고자 한다. 만나는 사람들을 진심으로 대하며 살고 싶다. 20대에 꿈꾸던 세상을 바꾸는 이, 그 마음은 변하지 않았다. 먼 미래를 바라보던 그 꿈은 현재에 집중하는 자세로 바뀌었을 뿐이다. 더 나은 삶을 위해 책을 읽고 글을 쓰려고 한다. 일상 속에서 나누며 실천하는 삶, 그 꿈을 향해 한 걸음 내디뎌 본다.

4-8

가르치는 삶, 현재 진행형

우승자

"2월 셋째 주 수요일 오전 강의 가능한가요?"

해마다 2월이면 강의 요청이 한꺼번에 몰려든다. 학교마다 신학기를 준비하는 기간이 겹치기 때문이다. 어쩔 수 없다. 인사이동과 신학기 준비가 맞물린 2월은 교사들에게는 가장 바쁜 시간이다. 하지만, 학급 경영을 잘하기 위해 방법을 찾는 교사들에게 도움 되기를 바라는 마음으로 기꺼이 수락한다. 일 년 중 가장 바쁜 시기지만, 여러 선생님과 학급 운영 이야기를 나눌 수 있는 귀한 시간이다. 또한, 강의 현장에서 만난 교사들의 이야기는 우리 반 아이들을 잘 지도할 수 있는 아이디어로 연결되었다. 학교는 다양한 프로그램으로 신학기 준비를 위한 워크숍을 마련한다. 평가 계획 세우기, 업무 파악과 연간 계획 수립, 교과 협의회, 새로운 아이들 맞을 준비 등이다. 그중에 가장 중요한 일은 단연코 아이들과 담임 교사와의 호흡이다. 현장에서의 오랜 경험을 나누기 위해 어디든지 달려간다. 그 첫 단추를 잘 꿰매기 위해 강의장에서 내 목소리는 단호하다.

교사들은 새 학급을 맡을 때마다 지난해보다 학급 운영을 잘하고 싶다는 각오를 한다. 나 역시 그랬다. 신학기가 되면 지난해 학급 운영을 바탕으로 하지 말아야 할 것과 새롭게 시작할 목록을 만들었다. 최고의 학급을 만들고 싶다는 마음이 가득했다. 무엇을 어떻게 해야 할지 우선순위를 정하는 일이 중요했다. 알고 있지만 실행하지 않는다면 무의미한 일이기 때문이다. 실패와 도전으로 알게 된 것을 하루하루 실천했더니 어느 순간 '학급 경영의 달인'이라는 또 하나의 멋진 이름을 얻었다. 후배 교사들에게 우리 반 아이들과 교실에서 실시했던 다양한 학급 경영 사례를 나누었다. 어느 학교든 가장 반응이 좋았던 프로그램은 집단 상담이었다. 교사들이 아이들과 잘 지내기 위해서 집단 상담의 필요성에 공감한다는 증거다. 학기 초 업무가 아무리 많고 바빠도 먼저 해야 할 일은 아이들과 좋은 관계 맺기다. 아이들을 이해하고 파악하는 일이야말로 학급 경영의 승패를 좌우하기 때문이다. 집단 상담의 필요성이나 중요성을 알고 있지만, 안 해 봤기에 자신 없어 하는 교사가 많다. 구조화된 집단을 잘 운영하려면 공부와 훈련이 필요하지만 내가 전하는 꿀팁으로도 할 수 있다고 격려한다. 네임 텐트로 자기소개하기는 많은 후배 교사들이 기본적으로 실시하고 있어 뿌듯하다. 그 외 올해의 소망 나누기나 힘이 되는 말, 사진 프리즘 등 몇 가지 프로그램만으로도 집단 상담은 가능하다. 더불어 성적 향상을 위한 도구로 배움 일기 쓰기를 권하면서 양식을 공유한다. 운영 방향과 실전 비법을 아낌없이 나눈다. 학습 지도와 생활 지도를 균형 있게 이어 가려면 '집단 상담'과 '배움 일기'가 큰 힘이 될 거라고 자신 있게 전한다.

강의 후 질문이 쏟아진다. 학기 초에 해야 할 업무가 많아서 정신을 차리기 어렵다는 하소연들이다. 매일 처리해야 할 담임 업무만으로도 벅찬데 집단 상담까지는 엄두조차 나지 않는다고 한다. 아이들과의 소통이 우선이라는 건 알지만 막상 시작하려니 부담스러운 게 현실이다. 또 학급 분위기를 흐리는 아이들이 점점 많아져서 대책이 절실하다. 집단 상담을 거부하는 아이들은 어떻게 하는지도 궁금해한다.

나도 그랬다. 무엇부터 먼저 해야 할지 몰랐고, 쏟아지는 업무를 처리하느라 헉헉거렸다. 하지만 작년과 다르게 하고 싶고 생애 최고의 해를 꾸리고 싶다는 열망으로 용기 냈다. 배운 바를 적용하며 부딪혀 갔다. 횟수를 거듭할수록 자신감이 생겼다. 짧은 시간에 효과적으로 운영하는 방법도 터득했다. 일단 시작하는 것이 중요하다. 나를 비롯한 교사들은 무탈한 한 해를 보내기를 소망한다. 학부모 관계도 만만치 않고 개성이 뚜렷한 아이들을 감당하기는 점점 어렵기 때문이다. 그럴수록 아이들과의 소통은 더 중요하다. 학급 아이들을 파악하고 원활한 소통을 위한 도구로 집단 상담을 권하고 싶다. 담임 기피 현상은 학교의 현실이다. 해가 거듭될수록 심해지고 있다. 교사들의 심정은 알지만, 학급 경영은 교사의 뜨거운 진심이 있어야만 성공할 수 있다고 목에 힘을 주어 말할 수밖에 없다.

학급 경영 사례를 나눈다는 마음으로 강의 요청에 응한 지 어느새

10년이 넘었다. 가는 곳마다 우리 반 아이들 활동 영상이나 사진 자료로 생생하게 전달했다. 나의 조언이나 의견을 받아들여 시행착오를 거치면서 효과를 거둔 후배 교사들을 종종 만난다. 학교에서 일방적으로 진행하기에 마지못해 강의를 들었지만 뜻밖에 새로운 방법을 알게 되었다며 반가워하는 교사도 있었다. 나의 어려움이 곧 그들의 어려움이었다. 그들의 고민 또한 나의 고민이었기에 의미 있는 시간으로 채운다. 학생들이 무섭고 부담스러워 교단을 떠나려는 교사들에게 손 내미는 일을 멈추지 않을 것이다.

퇴직으로 인해 나는 학교 현장을 벗어났지만, 학급 경영 나눔은 이어질 것이다. 몸은 학교를 떠났지만 교사들을 돕는 마음만큼은 그대로 두고 왔다. 선배 교사로서 나는 어떤 말을 전할까. 어떤 메시지를 주어야 할까 좀 더 고민해 본다. 오랫동안 이어진 학급 경영에 대한 강의는 나의 소명이 되었다. 후배 교사들이 쉽지 않은 길을 걷고 있음을 누구보다 잘 안다. 조금 더 힘을 내면 좋겠다.

2004년, 대학원에 다니던 중에 '연우심리연구소'를 알게 되었다. 이 연구소는 우리나라 실정에 맞는 독자적이고 전문적인 U&I(Upraise & Improve) 검사를 개발했다. 개인의 성장을 통해 자신의 고유한 잠재력을 찾고, 더 나은 삶의 행복을 추구한다는 의미다. 학습 성격 유형을 제대로 알고 싶어 기초, 보수, 중급, 고급 과정을 이수하면서 내용을 익혔다. 이 공부를 하면서 가장 큰 수혜자는 바로 '나'였다. 우리 아이들을 키우는 데 도움이 되었으니 말이다. 큰아들이 대학 진학 시 갈등이

켰다. 탐구형이 강한 아들은 새로운 학문에 대한 의지가 강했다. 스스로 최종 결정을 할 때까지 믿고 기다렸다. 큰아들에게는 공감보다는 주도적인 문제 해결이 우선이었기 때문이다. 둘째 아들이 군 제대와 함께 곧바로 유학길에 오를 때도 믿고 이해할 수 있었다. 다니던 호텔조리학과는 궁여지책의 선택이었고, 복학할 마음이 전혀 없다는 걸 알고 있었다. 단단히 각오하고 떠나 낯선 땅에서 새로운 공부를 시작했다. 전공에 대한 어려움은 컸지만 결국 해냈다. 막내가 대학 진학을 마다했을 때도 묵묵히 응원해 주었다. 예전의 나 같으면 응원은커녕 용납하지 못했을 일이다. 어릴 때부터 길을 가다가 길고양이를 만나면 지나치지 못하던 딸이었다. 키우던 강아지가 아프면 같이 아파하며 교감하기도 했다. 결국 반려동물을 돌보는 일을 선택하여 동물병원에 근무하고 있다. 일이 힘들다고 하면서도 즐겁게 다니는 모습이 대견하다. 막내는 행동은 느리지만 생각이 깊다. 관심사에 깊이 빠져드는 막내의 성격 유형 특성을 이해했기 때문에 딸의 행복을 지지할 수 있었다.

이제는 학부모들에게도 도움을 주고 있다. 자녀가 잘되기를 바라는 것은 모든 부모의 마음이다. 자녀와 소통이 원활하지 않아 서로 힘들어하는 가정이 있다. 아이들의 성향을 정확히 파악할 수 있다는 걸로 충분하다. 그걸 모르니 서로 갈등의 골이 깊어지기도 한다. 부모도 배워야 한다. 배우고 익혀서 내 아이를 제대로 이해해야 한다. 나의 지식이 누군가에게 도움이 된다면 어디든지 달려갈 준비가 되어 있다. '학습 성격 유형에 따른 자녀 지도 방법'이라는 주제로 학부모들과 소통하는 시간을 자주 가진다. 강의 후에 자녀의 특성을 알게 되어 도움이 많이 되었다고 한다. 성격 유형을 알고 나니 자녀를 더 깊이 이해할 수 있다고도 했다.

우리 반 아이들과 내가 만나는 학생을 이해하는 데도 유익했다. 행동, 규범, 탐구, 이상형의 기질별 특성을 알고 나니 아이들을 지도하는 데 든든한 도구가 되었다. '저 아이는 도대체 왜 저럴까?' 하며 답답했던 마음에서 벗어날 수 있었다.

나누며 살고 싶다. 수십 년 교육 현장에서 발로 뛰며 얻은 경험은 소중한 자산들이다. 나의 학급 경영이 후배 교사들에게 힘이 되기를 바라는 마음 변함없다. 학습 성격 유형에 대한 이해가 자녀 양육을 고민하는 부모들에게 도움이 되면 좋겠다. 은퇴 후에도 가르치며 나누는 삶은 계속 진행형이다.

4-9

책이 나를 살렸다

함해식

매일 아침 웃음에 관한 책을 봅니다. 면역력이 약하고 부족한 자신을 위해 읽습니다. 그래서 하루 10분씩 공부를 합니다. 과거에는 웃고 다니는 사람 보면 좋은 일이 많아서 웃는 줄 알았습니다. 하지만 그게 아니었습니다. 안 좋은 상황일수록 웃으려고 노력하니 좋은 일이 생기는 겁니다. 웃음에 습관을 들이기 위해 아침 일어나자마자 거울 보고 10초 이상 웃습니다. 그리고 나에게 말을 겁니다. '기분 좋다. 오늘 하루도 웃을 수 있어서 좋다.' 크게 들숨, 날숨도 합니다. 감사함도 찾아봅니다. 근래에 고마워한 부분도 떠올려 봅니다. 그렇게 기분 좋은 감정도 생각합니다. 책상에 앉아 책을 펼쳐 몇 줄 읽어 봅니다. 노트에 좋은 글을 따라 적어도 봅니다. 사진을 찍어 SNS에 올려도 봅니다. 글을 보고 독자들은 고맙다는 답글도 남겨 줍니다. 이렇게 시작한 지 6개월 지났습니다. 꾸준함이 중요합니다. 소명 의식도 있어야 합니다. 이 글을 통해 누군가 돕고 싶다는 마음이 있어야 합니다. 제 경험을 이야기해 보겠습니다.

사업을 시작하고 3년 만에 힘든 시기가 찾아왔습니다. 그때 책 한 권이 제 인생을 바꿔 줍니다. 그 덕분에 자주 책을 보고 위로도 받았습니다. 스스로에게 다짐했습니다. '힘든 시기가 지나가면, 이 책처럼 누군가에게 도움 주는 사람이 되어야겠다.', '가치 있는 사람이 되기 위해 노력해야겠다.' 수시로 생각했습니다. 이렇게 매일 아침 읽고 쓰기에 좋은 점 세 가지가 있습니다. 첫째, 책을 보고 따라 웃으면 정말 즐겁습니다. 둘째, 웃으면 자신도 즐겁고 주변에 보는 사람도 즐겁습니다. 셋째, 웃음이 다른 사람에게도 전염이 됩니다. 직장 생활을 10년 넘게 했습니다. 반복된 일상의 연속이었습니다. 어느 날, 회식 장소에서 부서 사람들이랑 밥 먹고 술도 마셨습니다. 같이 일하는 동생이 술 한잔하면서 제 옆에 앉습니다. 그리고 말을 합니다. 평소에 웃으면서 다니면 안 되냐고 묻습니다. 그럼 같이 일하기가 편하다고 합니다. 그 말을 듣고 있던 같은 부서 과장도 웃고 다니면 좋겠다고 말합니다. 또 인사도 자주 하라고 합니다. 처음 보는 사람이 제가 화난 사람처럼 보여서 같이 있기 불편하다고 말합니다. 사업을 시작하고 잘해야 한다는 마음에 항상 긴장감을 가지고 일했습니다. 일하기 며칠 전부터 완벽히 준비하기 위해, 현장을 여러 번 다녀왔습니다. 일에 대한 즐거움보다는 긴장감으로 인해 진지한 얼굴로 다녔습니다. 그렇게 하니 하루하루 재미도 없고 혼자서 하다 보니 지쳐 갔습니다. 또 새로운 일에 용기와 자신감도 생기지 않았습니다. 누군가의 말에 상처를 받고 혼자서 끙끙거리며 살았습니다. 매일 근심, 걱정이 많아 시도하지도 못했습니다. 계속 생각만 하다 놓치는 경우도 많았습니다.

지금은 안 좋은 상황이 오면 웃어 버립니다. 얼마 전 농기계를 용접하러 갔습니다. 트랙터를 중고로 구입한 70대 중반 할아버지입니다. 왼쪽 다리가 불편하지만, 낮에는 모범택시를 운전합니다. 한 달 전에도 용접을 해 드렸습니다. 몸이 불편한 모습과 공장 와서 구경하는 모습이 꼭 돌아가신 아버지를 보는 것 같았습니다. 그래서 금액도 적게 받고 일하러 갔습니다. 첫 번째 용접을 하러 현장에 도착하니 아침 8시입니다. 전날 저녁부터 계속 비가 와서 그치는 시간에 맞춰 가면서 일하기로 했습니다. 장비를 풀고 트랙터 기계를 개조하기 시작합니다. 하나하나 만들어 온 기계를 붙입니다. 생각보다 시간이 오래 걸립니다. 처음 봤을 때는 2~3시간 안에 끝날 것처럼 보였습니다. 막상 해 보니 여기저기 손볼 때가 많았습니다. 점심시간이 되어 근처 식당에 갑니다. 일반 정식을 주문합니다. 밥이 나오는 동안 물어봅니다. 주변에 용접할 곳이 많은데, 왜 나에게 문의했는지. 고객의 답변은 여기 시골 동네 용접 잘하는 사람이 없다고 합니다. 전에 몇 번 찾아가서 해 보니, 얼마 못 가서 떨어졌다고 말합니다. 작년까지만 해도 자기 밭 트랙터 일을 돈 주고 맡겼다고 합니다. 하지만 올해부터 안 하다고 해서 본인이 답답해서 중고로 구입했다고 합니다. 금액은 550만 원인데, 몇 번 사용하면 그 이상 값어치가 있다고 말합니다. 그 연세에 자신 있게 말하는 모습과 적지 않은 금액을 투자하는 모습에 감동했습니다. 본인도 젊을 때 철공소를 했다고 합니다. 하지만 사고로 인해 접었다고 합니다. 왼쪽 다리는 그때 다쳤다고 합니다. 오늘 일하러 왔으니 제발 잘 부탁한다고 말합니다. 이웃 사람들은 기계를 개조하는 게 안 된다고 말하는데, 본인은 기계 쪽에서 오래 일했다고 말합니다. 이번에 용접이 잘되면 몇 사람이 같이 일해야 할 것을 한번에 이 기계로 해결할 수 있다고 합니다. 서로 웃으며 식사를 끝내고 다시 현장으로 이동했습니다. 용접하고 기계 테스트도 수시로 했습니다. 오후 3시가 되어 끝났습니다. 돈을 더 주려고 했지만 받지 않고 원래 말했던 금액만 받고 공장으로 왔습니다. 사용해 보고 잘되면 주변에 소개도 부탁한다고 했습니다. 보름이 지나고 다른 곳에서 용접 문의도 왔습니다. 원하는 날짜에 맞춰 장비를 싣고 아침 7시에 현장에 도착했습니다. 다른 기계를 개조한다고 합니다. "저번에 용접 작업한 기계를 사용해 보니 효과가 있었습니까?" 물어봤습니다. 매우 만족한다고 웃으면서 말합니다. 이번에도 잘 부탁한다고 시원한 음료수를 줍니다. 2시간이 지나도 생각보다 진도가 나가지 않습니다. 이번에는 계산을 잘못해서 기계가 약간 작습니다. 그래서 망치로 때려 가면서 하나씩 맞췄습니다. 날씨까지 더워서 지치기도 합니다. 그때, 고객이 트랙터 시동을 켜서 손에 전기가 들어왔습니다. 장갑을 뚫고 전기가 왼쪽 엄지손가락에 들어와 타는 냄새가 많이 납니다. 그 순간 놀라서 얼굴 찌푸리기보다 크게 웃었습니다. 잠시 쉬자고 했습니다. 고객도 미안하다고 말을 몇 번 합니다. 그 전에 안전사고 예방을 위해 이야기했는데, 깜박했나 봅니다. 놀란 마음을 달래고 손가락에 물을 붓습니다. 물집이 생기면서 피부 타는 냄새가 납니다. 크게 다치지 않아서 다행이라고 스스로에게 말을 합니다. 10분

뒤 다시 용접합니다. 웃으며 일을 해 봅니다. 괜히 작업 분위기를 망치고 싶지 않기 때문입니다. 이래도 하고 저래도 합니다. 이번에는 더더욱 안전에 유의합니다. 한 달 전에도 일하러 갔다가 머리를 부딪혀 밤에 응급실에 간 적도 있었습니다. 그때 기억을 떠올리면서 더 조심합니다. 오후 1시가 되어 일이 끝났습니다. 장비를 싣고 공장으로 왔습니다. 사무실에 들어와 다친 손에 화상 연고를 발라 줍니다. 잠시 누워서 쉽니다. 나쁜 생각이 들 때마다 다시 웃습니다.

몇 년 전, 울릉도에 배를 용접하러 간 적 있습니다. 몇 시간이 지나도 붙지 않습니다. 용접 재질이 철이 아니라 알루미늄이었습니다. 전기도 없어서 발전기를 돌려 사용했습니다. 담당자는 계속 웃었습니다. 그러면서 내일 배 안전 검사를 하러 오는데, 안 되면 큰일이 난다고 합니다. 지금은 웃는 게 기분 좋아서 웃는 게 아니라고 말을 합니다. 당시에는 그 말이 무슨 말인지 이해되지 않았습니다. 그러나 요즘에는 웃음 공부 덕분에, 그때 담당자의 웃음을 이제야 알 것 같습니다. 나쁜 감정이 올라와도 웃음으로 무마하려 노력한 덕분입니다.

직장 생활 할 때 미소가 아름다웠던 한 사람이 생각납니다. 공사팀에 근무하던 반장이었고, 50대 중반이었습니다. 부서는 달랐습니다. 하지만 매일 점심 식사 하러 갈 때마다 식당에서 만납니다. 볼 때마다 미소를 보냅니다. 나보다 한참 나이가 많습니다. 처음에는 이상하다고 생각했는데, 주변 사람 모두에게 미소 짓는 모습으로 밥을 먹고 이동을 합니다. 한번은 우연히 밖에서 만난 적이 있습니다. 그래서 물어봤습니다. 왜 그렇게 미소가 아름다운지 사연을 듣고 싶다고 했습니다. 반장은 한 번뿐인 인생, 많이 웃다가 가는 게 옳다고 합니다. 힘들다고 인상 쓰는 것보다 백번 낫다고 이야기합니다. 안 좋은 일이 생기면 더 많이 웃는다고 말했습니다. 15년이 지났지만, 그 모습이 생각납니다. 웃음이 전염된다는 말, 그때 처음 알았습니다. 그러고 보면 웃음은 제게 특별한 의미가 있습니다. 매일 근심, 걱정, 불안함을 느낄 때마다 10초 이상 웃어 버립니다. 자기 연민에 빠지기보다 관점을 전화시켜 좋은 생각을 합니다. 아마도 내게 웃음이 없었더라면, 병이 와서 누워 있을지도 모릅니다. 어떻게 보면 살기 위해 웃어 버렸습니다. 과거에 병으로 아팠고, 예민한 성격으로 몸살도 많이 났습니다. 그 경험 덕분에 오늘도 모든 걱정을 웃어넘깁니다. 3년 전 고민은 생각도 안 납니다. 1년 전 6개월 전 고민도 생각 안 납니다. 어차피 모든 시간은 흘러갑니다. 있는 그대로 나를 받아들이고 사랑하려고 노력합니다. 과거에는 쓸데없는 걱정 때문에 주저앉았습니다. 겁이 많아서 새로운 일에 용기도 내지 못했습니다. 자신과의 약속도 지키지 못했습니다. 계속 그런 일이 반복되다 보니 포기했습니다.

지금은 나에게 선언합니다. 오늘도 행복을 선택합니다. 오늘도 많이 웃습니다. 하루를 책과 필사로 시작합니다. 독서는 나를 더 나은 사람이 되게 하고 아름답게 합니다. 고객에게 잔소리를 듣거나, 하던 일이 생각처럼 되지 않을 때 한 발짝 물러섭니다. 그 상황에 맞는 책을 보고 재해석합니다. 그럼 그 상황이 크게 나쁜 상황이 아님을 알게 됩니다. 자기 연민에도 빠지지 않습니다. 하지만 책을 알기 전에는 그러지 않았습니다. 욱했습니다. 내가 세상에서 제일 피해자라고 생각했습니다. 지금도 수시로 내 마음 끈을 잡기 위해 혼자 있는 시간 동안에는 책을 봅니다.

강성숙 작가

"공저 같이 쓸래?" 망설일 이유가 없었습니다. 글쓰기 강의를 들은 지 1년 8개월이 되었습니다. 강의는 꾸준히 듣지만, 책 쓰기는 미적대고 있었습니다. 글을 쓰기 위해 좋은 삶을 살아야 하고, 좋은 삶을 살기 위해 글을 쓰자는 친구의 진심이 전해져 왔습니다. 주제를 받고 나를 바라봤습니다. 감당 못 할 상처가 없어 다행이었고, 나눌 것이 있어 고마웠습니다. 과거는 현재와 연결되어 있고 더 나은 내일을 위해 지금을 잘 살아야겠다고 생각합니다. 상처와 기쁨의 흔적이 일기장에만 있다면 다른 사람과 나눌 수 없습니다. 내 삶은 다른 사람과 연결되어 있다는 것을 글을 쓰며 깨달았습니다. 주변 사람들과 좋은 관계를 맺으면 삶의 가치가 더해집니다. 처음으로 책을 쓰며 백지의 공포, 마감의 압박, 함께하는 든든함, 격려의 힘, 하나씩 이루어 가는 기쁨도 느꼈습니다. 나이 들어 갈수록 비우고 채우고 나누며 살아야 합니다. 채우기보다 비우기가 어렵습니다. 어렵다, 힘들다는 생각을 버려야 백지를 채울 수 있었습니다. 다른 사람과 비교도 도움이 되지 않습니다. 글을 쓰면 삶의 중심을 잡을 수 있다고 믿습니다.

| 권시원 작가

전화로 공저 참여를 제안받았을 때 망설였다. 책 쓰기 강의를 3년째 듣고 있지만, 습작 수준의 글만 써 봤기에 자신이 없었다. 나중에 답변 주겠다 하고 전화를 끊었다. 퇴근길에 스마트폰을 보다가 '주어진 기회를 놓치면 반드시 위기가 온다.'라는 문장을 만났다. 운명은 나에게 손짓하는데, 나는 망설이며 위기를 불렀던 셈이다. 공저에 참여하라는 계시였다.

공저에 참여하고 초고와 퇴고의 과정을 거치며 힘들었다. 하지만 기회로 생각했기에 즐겁게 할 수 있었다. 처음 주제를 받고는 막막했었는데, 내 삶에 적용해 보며 글을 쓰다 보니 인생도 돌아보게 되는 계기가 됐다. 타인에게 준 상처를 떠올렸을 때는 부끄러운 마음에 한숨만 나왔고, 기쁨을 준 일을 떠올렸을 때는 가슴이 찡하면서 미소가 지어졌다. 앞으로 어떤 삶을 살아야 할지 명확히 알 수 있었다. 왜 글을 써야 하는지도 다시금 깨달았다. 공저 집필 과정을 진행하고 이끌어 준 자이언트 북 컨설팅 이은대 대표와 함께 글 쓰며 힘들 때마다 서로 응원해 주고 용기를 북돋아 준 다른 작가들에게 감사를 전한다.

| 김미예 작가

하루 평균 70여 명의 광고주와 상담을 합니다. 글을 쓰는 작가이기도 합니다. 그만큼 다양한 사람을 만나고 헤어집니다. 우리는 알게 모르게 삶 속에서 부딪힙니다. 누군가에게는 상처를 주고, 또 어떤 이에게는 동기 부여와 희망의 메시지를 전하며 살아가기도 합니다. 동전의 양면을 들여다보면 사람의 마음과 닮았다는 걸 느낄 수 있습니다. 상처를 주고받기도 합니다. 아픕니다. 속이 상합니다. 똑같이 갚아 주고 싶다는 생각이 들 때도 있습니다. 안타까운 것은 가장 가까이에 있는 가족, 친구, 동료에게 상처를 주고 아파한다는 것입니다. 신이 사람을 만들어 낼 때에는 각자에게 세상에 이로운 일을 하라는 소명을 준다 하지요. 상처를 준 사람은 상대방의 고통을 잘 모를 수 있습니다. 무심코 던진 말이 비수가 되기도 하고, 다시 일어나게 하는 방책이 되기도 합니다. 이 또한 삶에서 일어나는 현상이라고 생각합니다.

코로나19가 다시 걱정을 던져 주고, Chat GPT의 영향 속에 휩쓸리듯 말기는 사람이 많습니다. 시대의 흐름이겠지요. 중심 잡고 내 삶을 돌아보면 좋겠습니다. '잘 쓰기 위해 잘 살기로 했다'는 말이 참 좋습니다.

❙ 김지안 작가

상처와 기쁨, 『딱 두 배의 가치를 돌려받는 인생』이라는 책 제목을 받아들었을 때 떠오른 생각이다. 내가 받은 상처만 분하고 억울하게 생각했다. 다른 사람이 나로 인해 마음을 다쳐 원망하는 마음이 생길 수 있다는 것을 생각지 못했다. 타인이 나에게 상처 주었던 경험은 어렵지 않게 기억해 낼 수 있었다. 그러나 내가 남에게 상처 주었던 경험은 바로 떠오르지 않았다. 이 책을 쓰면서 역지사지와 소통에 대해서 생각하게 되었다. 입장 바꿔 생각해 보니 나로 인해서 상처받았을 사람들은 어떤 감정이었을까. 감정 소통을 원활하게 할 수 있는 방법에 대해 고민하고 해결 방법을 나누고 싶다. 독서와 글쓰기, 책 쓰기를 하면서 인생의 변화를 맞이하게 되었다. 책을 읽은 후부터 세상을 보았다. 글쓰기를 시작한 다음부터 인생을 어떻게 살아야 할지, 무엇을 위해 살아야 할지 정리할 수 있었다. 책을 쓰고부터 내 인생의 철학과 주제를 생각하게 되었다. 이 책을 쓰는 동안 두 배의 가치를 돌려받는 인생을 선물 받았다. 독자들에게 내가 받은 선물을 두 배의 가치로 돌려주고 싶다.

❙ 김한송 작가

작가와 강연가로 살고 싶다는 바람이 이루어졌습니다. 원하는 일을 향해 생각을 모으고 기록했던 과정 덕분입니다. 꿈은 한 번도 나를 떠나지 않고 묵묵히 응원하고 지지해 주었음을 알게 되었습니다. 선한 영향력을 펼치며 살겠다는 포부는 더 큰 삶의 목적지로 안내해 주었습니다.

이 글을 쓰면서 '상처'에 대한 다양한 시선으로 세상을 더 깊이 이해하는 계기가 되었습니다. 알게 모르게 나도 다른 사람에게 상처 주었던 흔적을 찾아보고 반성했던 시간이기도 합니다. 나 자신을 제대로 바라볼 줄 아는 깊은 안목도 생겼지요. 늘 내가 받았던 상처만 껴안고 살다가 글을 통해 성찰하는 기회가 되었습니다. 또한, 기쁘고 행복했던 사소한 일상도 기록을 통해 소중하게 담아 볼 수 있었습니다. '말과 글'은 마음을 견고하게 만드는 뿌리입니다. 힘이 되는 말 한마디는 좀 더 나은 인생을 꿈꾸게 하고 위로를 주는 한 문장은 주저앉아 허우적거릴 때 다시 살게 하는 힘을 갖게 해 줍니다. 글쓰기를 통해 상처와 기쁨을 흐르는 물처럼 품고 나아가 봅니다.

| 송진설 작가

상처는 아물지만 흉터는 남을 수 있어요. 시간이 흐르면 흉터 자리도 조금씩 옅어지겠지요. 아예 상처가 없던 때로 되돌릴 수는 없을 겁니다. 우리네 마음속 상처도 그럴 거예요. 겉으로 보이지 않기에 더욱 알 수가 없습니다. 평소와 다름없는 일상을 보내다가도 아팠던 기억이 떠오르면 소스라치게 놀랄 때도 있습니다. 상처는 완전히 사라지지 않나 봅니다.

누군가의 마음을 아프게 한 날 밤, 잠 이루지 못했어요. 짓누르는 죄책감에 옴짝달싹 못 한 채로 아침을 맞이하기도 했습니다. 나에게 상처를 주었던 사람도 그랬을 겁니다. 편안한 밤을 보내지 못했을 거예요. 글을 쓰며 상처에 대해 생각해 보았어요. 상처의 말들은 건넨 사람과 받은 사람 모두를 진흙더미에 빠뜨리는 것과 같더라고요. 허우적대며 겨우 빠져나온 마음에는 아픔과 자책이 남는다는 걸 알게 되었습니다. 상처, 구덩이가 되어 인생을 삼키지 않도록 서로를 존중하며 살아야겠습니다. 우리의 인생이 멋진 날로 가득 채워지길 바랍니다. 마음속 상처가 덧나지 않도록 글 쓰는 삶을 이어 가겠습니다.

‖ 이정숙 작가

책 쓰기가 두려웠습니다. 자이언트 북 컨설팅, 오랜 기간 수강해 왔습니다. 가끔 글 한 편 썼습니다. 한때 잠시나마 블로그에 글을 올렸습니다. 쓰지 않았지만, 수업은 즐거웠습니다. 글쓰기 외에도 삶에 대한 태도를 강조하셨습니다. 흐트러지는 삶에 자극이 되었습니다. 책 쓰기는 엄두가 나지 않았습니다. 출간을 상상하는 것만으로도 기대보다는 걱정이 앞섰습니다. 부족한 필력으로 출간이라니. 다만, 마음 저 한편에는 공저 출간이라는 생뚱맞은 생각이 있었습니다. 출간보다는, 공저 작가들의 끈끈한 팀워크가 부러웠습니다. 우연히 한마음 공저에 합류했습니다. '내가 준 상처와 기쁨'이라는 주제는 쉽지 않았습니다. 초고는 마구 써도 된다는 말씀에 위안받으며, 그냥 썼습니다. 다행히 마감기한을 맞추고, 분량도 거의 채웠습니다. 퇴고는 어려웠습니다. 눈으로 보던 것과 직접 경험해 보는 과정은 달랐습니다. 팀장님과 서기님을 포함한 팀원들 모두 서로 이끌어 주고 격려해 주니, 힘이 났습니다. 함께 쓰며 깨달았습니다. 밀어 주고 당겨 주며, 채워 주는 힘을. '공저'라는 작은 세상에서 쓰고 나누는 삶을 배웠습니다.

우승자 작가

아팠습니다. 제가 받은 상처만 크고 아픈 줄 알았습니다. 제 곁의 소중한 사람들에게 던진 상처를 알아차리면서 많이 아팠습니다. 자식들에게 상처 준 저와 마주하는 일이 쉽지 않았지만, 용기 냈습니다. 엄마가 할퀴고 지나간 말들을 꺼내 놓은 저의 세 자녀가 고마웠습니다. 무심코 던진 말들, 좋은 뜻으로 했던 말도 상처가 된다는 걸 알았지요. '말 한마디'의 힘을 깨달았으니 이제부터는 힘과 위로가 되는 말을 해야겠습니다. 자녀들과 함께 상처의 말 대신 기쁨의 말들을 찾는 여행을 하려고 합니다. 저에게 나눔의 기쁨과 가치를 온몸으로 가르쳐 준 부모님 덕분에 가진 건 없지만 넉넉한 마음으로 살았습니다. 쌀독이 채워져 있는 것만으로도 만족할 줄 알았습니다. 움켜잡으려는 주먹 쥔 손 대신 베풀 줄 아는 큰 손으로 살았지요. 기쁨은 나누면 두 배가 되고 슬픔은 나누면 반으로 줄어든다는 말도 가슴으로 받아들이게 되었습니다. 동전의 양면처럼 주고받는 상처와 기쁨의 일상이 이어지겠지요. 내일은 오늘보다 좀 더 나누며 살도록 하렵니다. 좋은 가르침 주신 이은대 작가와 함께해 준 공저 작가들에게 감사드립니다.

함해식 작가

초등학교 6학년 담임 선생님의 '생각 좀 하고 말해'라는 말에 상처받은 적 있습니다. 그 상처가 지금은 전화위복이 되었습니다. 덕분에 혼자 있는 시간에는 발전적인 사고를 위해 자주 자문자답합니다. 문제 해결을 위해 독서와 글쓰기도 합니다. 천천히 발전해 가는 모습을 느끼고 있습니다. 어떤 일이 일어나는 것은 우리 힘으로 막을 수 없지만, 그 일을 어떻게 받아들일 것인가 하는 것은 오롯이 우리 생각에 달려 있습니다. 힘든 순간에 자기 능력을 의심하고 스스로를 동정하며 좌절할 것인지, 가능성을 모색하고 돌파구를 찾을 것인지, 그 모든 것은 나의 선택에 달렸습니다. 힘든 상황은 누구나 겪습니다. 하지만 어떻게 대처할지는 나만이 결정할 수 있습니다. 이번 공저를 통해 오래된 기억들이 먼지를 털어 냈습니다. 찌질하게만 느껴졌던 나의 과거가 어느새 반짝거리기 시작했습니다. 지금의 나를 서게 한 에너지의 원천이 바로 '나'였음을 깨달으니, 앞으로 글 쓰는 삶이 기대됩니다. 가슴속 깊이 숨겨 놨던 초라했던 삶을 꺼내 다른 이에게 도움이 되길 바라는 마음으로 내어놓았습니다.